3個人的雙人床

黃子容◎著

所有深陷熱戀、苦戀、第三者、劈腿族必看戀愛寶典，讓你延長愛情賞味期！

藉由20位都會男女的真實情愛，看清愛情本質和戀人的真實面貌！

台灣新生代作家系列

三個人的雙人床

作　　者：黃子容
出 版 者：生智出版股份有限公司
發 行 人：宋宏智
企劃主編：林淑雯
行銷企劃：汪君瑜
責任編輯：溫淑閔
封面設計：引線視覺設計有限公司
美術編輯：引線視覺設計有限公司
印　　務：許鈞棋
通路服務部：潘德育・吳明潤・許鈞棋
登 記 證：局版北市業字第677號
地　　址：台北市新生南路三段88號7樓之3
電　　話：（02）2363-5748　　傳　真：（02）2366-0313
讀者服務信箱：service@ycrc.com.tw
網　　址：http://www.ycrc.com.tw
郵撥帳號：19735365　　戶　名：葉忠賢
印　　刷：鼎易印刷事業股份有限公司
法律顧問：北辰著作權事務所
初版一刷：2005年5月　　新台幣：220元
ISBN：957-818-732-7

國家圖書館出版品預行編目資料

三個人的雙人床
黃子容著作. 初版 臺北市：生智,
2005[民94]　　面；　公分一(台灣新生代作家系列)
ISBN 957-818-732-7(平裝)

855　　94005372

總　經　銷：揚智文化事業股份有限公司
地　　址：台北市新生南路三段88號5樓之6
電　　話：(02) 23660309
傳　　真：(02) 23660310

Contents

狂戀之背叛愛情

愛情相見恨晚，強烈愛戀的引力，如飛蛾撲火，不顧一切往前飛，飛行沒有軌道，出了軌，也就永遠無法著地。

眷戀之情場失意

在愛情遊戲中，為何有人可以無情的結束另一個人的感情；為何有人可以如此勇敢面對無情與絕情？如果說愛情沒有對錯，情人的背叛是為了追求真愛，那麼多情的戀人今日為何絕情？

Contents

目錄

三個人的雙人床

貪戀之LIKE

愛情出軌的遊戲，爭奪的不是真愛；無關道德與不道德，無關愛與不愛，結果只有輸贏勝負。快樂沒有一定的程式，要的只是過程的精采與否。

迷戀之情人的背叛

愛情沒有絕對的期限，往往當你不注意時，愛情早已溜走。

畸戀之感情第三者

不能見光的愛情，永遠無法行光合作用。入夜才能見面的愛情，這樣的愛等不到天明，也註定沒有明天。

序言

愛情中，三個人若硬要擠進明明只能睡兩人的雙人床，這樣的愛情多麼痛苦與掙扎，三方愛得痛苦，也不自由，愛情被綑綁，卻想盡辦法繼續愛，愛到傷，愛到痛。

劈腿在感情中已是經常見的案例，這樣的愛情到頭來一定有人受傷，寫這本書時，剛巧碰上了徐子婷事件，我非常的難過與不捨，我知道有許許多多的人遇到了感情上的瓶頸，因爲無法面對，而走上絕路。

一直都相信能夠擁有幸福的人，必須懂得愛自己！

很多人在面對情人背叛時，無法面對與看清愛情的本質，也因爲已經付出的愛情卻得到同等的傷害，教人無法負荷。我知道這是非常非常痛的傷害。

我也曾深深愛過，被摯愛狠狠的傷害過，深深的背叛過，要走出傷痛的那一步，眞的好難好痛也不容易，淡忘需要時間，止痛需要更多的愛與關心平撫傷口。但是朋友們，請相信我，如果你在這一刻結束了，更不會有人記得你，唯有你存在，別人才會永遠記得你。

我知道跨出那一步眞的很難，可是別忘了，還有很多朋友可以在你身邊給你支持，至少我可以以一個過來人的身份，給你一些些的幫助與關懷，如果你需要我，我會永遠在，我不希望的只是遺憾事件再度發生。

劈腿的愛情傷害了另一方，也傷害了愛情的本質。但我，依然願意相信愛情的美好。願意相信愛情的美好，也願意相信自己值得被愛，有一天，你會找到愛你的人，一個願意眞心眞意愛你的人。

面對愛情，我希望讀者能看見它最眞實的一面，書中提及的愛情，其實有點毒及殘酷，但卻都是你遺忘了的事實，你可以對愛情有憧憬，因爲它的確美好，但面對殘酷的事實時，請不要逃避，你會比較容易面對。幸福不會悄悄跑來和你相遇，你必須鼓起勇氣去尋找，遇到愛情時，請用心愛它，全力去愛它，但是依舊別忘了愛自己。

寫作至今已整整十個年頭了，兩性關係一直是我關心的話題，我願意用我最大力量幫助大家走出兩性關係的低潮期。不過當你愛別人的同時，最需要愛的還是你自己。

在創作的過程中，我要感謝一直在我身邊支持我，給我鼓勵的家人和朋友們嘉吟、碧娟、筱玲、EMMA、妙妙、妙蓁、佩珊、秀玲、王延群教授、靜雲姐，尤其是我的家人，給了我精神上最大的支柱，給我最大的空間做我最喜歡的事情，愛你！感謝你！我的家庭是我快樂的泉源，我愛我的家人，也感謝我的家人。

歡迎親愛的讀者，寫信給我

子容戀愛溝通密碼 boymeetsgirl520@yahoo.com.tw

狂戀之背叛愛情

愛情相見恨晚，強烈愛戀的引力，如飛蛾撲火，不顧一切往前飛，飛行沒有軌道，出了軌，也就永遠無法著地。

狂戀之背叛愛情

愛情相見恨晚，強烈愛戀的引力，如飛蛾撲火，不顧一切往前飛，飛行沒有軌道，出了軌，也就永遠無法著地。

玻璃碎片

我一直相信我所堅持的愛情，有一天我愛的人會因爲眞情感動，永遠守在我身邊。雖然我貪心地愛上兩個人，但是每一個我都用情至深。我當然相信一個人可以同時愛上兩個人，而且一樣眞心對待。我不認爲自己多情，我只是一個重感情的人，一旦愛上一個人，便很難放手，我的心也隨之瘋狂。

我不是一個亂愛的人，可是我卻希望可以擁有很多愛；我不是壞男人，我只是愛我該愛的，珍惜愛我的。

雖然愛兩個人是辛苦的，但是我卻甘之如飴。我的情婦一直都可以體諒我同時愛兩個人的心情，在她身上，我得到許多精神上的慰藉，因爲我知道全世界或許就只有她可以接受這樣的我，而我就是被這樣善解人意的她深深吸引著。

我的妻子一直都不知道我在外面還有一個紅粉知己。她是個傳統的女人，丈夫就是她的天，因此她從來不曾懷疑我所說的話，包括我和情婦出國渡假，我都可以以公事爲由出國放假幾天，她從不懷疑我。我當然不敢說我做得天衣無縫，但她的信任可以說是我外遇最大的幫兇。我在和這兩個女人做愛時一度不小心叫錯了名字，讓我花了好長的時間解釋，後來我得到一個心得，那就是所有的女人我都叫她「老婆」，這樣在享受魚水之歡時，我就不必擔心是否會叫錯名字。

以前年經時，只要我每換一個工作，幾乎就會有一個辦公室女友，唯一不變的是，我當時的正牌女友就是我現在的老婆。我身邊的女人來來去去，只有她，始終沒有離開過我。

在情場上玩了一段時間之後，我也會想定下來，於是，我結了婚。婚後，在工作職場上認識了小月，她對我用情很深，而且我是她第一個男人，因此她自然跟定了我，再也沒有愛過別人，而我的心也一直停留在她身上。

現在我的感情生活相當穩定，有一個賢慧持家的老婆，還有一個善解人意的小月，我想，我眞的是天底下最幸福的男人。

「我最近情緒不太好……」小月哭著跟我說。她是第一次出現這樣的反應，因此我相當關心，我不希望她受到任何傷害，或是因爲我而感受到壓力。

「怎麼了？」我擔心地問著。

「沒有，就是突然間好想見到你，想時時刻刻見到你……」說完她就哭著抱緊了我。

「小傻瓜，我在呀！我不是一直都在嗎？妳想見我，一通電話我不是就到了嗎？」我安慰著她，原來她是因爲想我才會這樣哭泣。

「可是，我想要時時刻刻看見你……」

「現在不就是了嗎？」

以前小月不會這樣鬧情緒，她很滿足我給她的愛。但現在的她，好像需要更多。

「我太愛你了，你知道嗎？」小月哭得更大聲了。

「我知道！我知道！」我安撫著她的情緒，我想她只是需要我。

我緊緊抱住她，給她我所有的安慰，她也熱情地回應我。我知道我是如此狂熱地被需要著，所以我更能展現出本能的雄性慾望。

小月主動得像是頭母獅，狂野憤怒地將我生吞活剝。她的身體在我身上游移，不停地叫喘聲讓我立刻想攫取她，不讓她有逃離的空間。我不停地挺進，她不停地喘息，我們的應和聲如此地激烈與興奮。就在最高潮時，小月突然哭泣崩潰了，我的高潮持續進行，無法停止，但我看見她臉上的淚痕。貪戀高潮興奮的我一時停不住，只好等待結束之後才緊緊將她抱在懷中。

「怎麼了？寶貝？」我急喘地問著。

「我……我……眞的很痛苦！」小月像是發出怒吼般地狂叫著。

我第一次看見她這樣情緒失控，老實說，我也嚇得不知如何是好。

「怎麼了？是不是我剛才太用力了，弄得妳不舒服？」

小月搖搖頭，她還是低著頭哭泣著。

「我喜歡和你做愛，眞的，我眞的喜歡那種感覺。可是，可是我……眞的是太愛你了。

我好希望你是我一個人的……」小月按捺不住積壓已久的情緒，她徹底崩潰了。

「小月，我知道妳愛我，眞的，全世界最愛我的就是妳了，這一點我非常了解。」

「可是光是了解又可以給我什麼呢？你可以給我什麼……」小月帶點憤怒指責地說著。

「小月，妳不要這樣，妳認識我的時候，我就是這樣了，妳也知道我的身份，我有妻有兒妳也是知道的呀！我可以給的我通通都給了，妳要我陪妳，我也想盡辦法找時間來陪妳，可以給的我都給了……」我緊緊抱著小月不肯放。

小月推開我，她擦乾眼淚，努力使自己鎭定一些。

接著她緩緩地說著：「我太愛你了，我想和你永遠在一起，你明白我的意思嗎？」

這句話我當然聽得懂。我終於聽懂了她的意思，也終於明白小月對我用情至深之後出現了我無法承受的愛。

「小月，我們現在這樣也可以永遠在一起呀！」

「你聽不懂我的意思嗎？」

我當然聽得懂，只不過我必須裝作不懂，因爲小月要的我給不起。我無法否定我對小月的愛，當然我也無法否定我對我老婆的愛，她沒有做錯任何事情。

「我要我們永遠在一起！我要你做決定！」小月堅定地說。

我想她今天或許會逼我做決定。

「這樣的情緒不是只有今天才有的，我已經忍受好久好久了，以前我可以忍受你回家，可是你知道嗎？等你回家之後，我就一個人躲在被窩裡想你，好希望你可以留在我身邊不要回去，我不要你回家抱著另一個人，我只要你抱我一個人就夠了。」小月終於和我攤牌了。

「可是妳知道我的身份，認識妳的時候，妳說妳可以忍受已婚的我，怎麼現在又……」

「因爲我瘋狂的愛著你！我需要你，我愛得太深了，受得傷也太深了　我要你！我要你在我身邊……不要再傷害我了！」

「小月，我沒有傷害妳呀！」

「有！你有！你一直傷害我卻不自知。每一個人都渴望被愛，我不要跟別人分享你，我只要你愛我一個！」小月激動地說著。

「小月，妳不要逼我。」

「我就是要逼你！我要你現在做決定，要我還是要你老婆？只能選一個！」

「小月，不要這樣……」

「如果你愛我，這就不會是一個很難的抉擇，除非你比較愛你的老婆，如果你愛她，那你就選擇她呀！我會離開的。」小月咄咄逼人地說著。

「我兩個都愛呀！」

「不可能！人不可能同時愛兩個人，我就無法同時愛兩個人，我只能夠專心愛你一個，難道你不能只專心愛我一個嗎？」

小月無法接受一個人可以愛兩個人，可是老實說，我真的兩個都很愛，我無法分出我比較不愛誰，兩個我都不想失去，我沒有辦法失去她們。

「我眞的很愛妳，小月。」我眞心地說著。

「那就證明給我看，去跟你老婆離婚！跟你在一起這麼多年了，我沒有要求你爲我做些什麼，現在我只要求你做這件事，如果你眞的愛我，那就去跟你老婆離婚。」小月下了最後通牒，她堅持要我做最後的決定。

我老婆沒有錯，從頭到尾她沒有做過一件令我生氣的事，一直以來做錯事的人都是我，她把我們的家照顧得這麼好，對她我眞的沒有可以挑剔的地方。但是小月也跟著我那麼多年了，她的心情我當然可以理解，她是因爲愛我才會這樣。

「小月，我沒有辦法離開我老婆，相同的，我也沒有辦法離開妳。」這是我的眞心話，萬一小月離開了我，我想我也會痛苦得無法生活。

「我不要妳離開我……小月，我不要妳離開我…。」我像個大男孩般地哭倒在小月的懷裡，我不是在演戲，我是眞的愛小月。

我害怕她會離我而去。

「但是我眞的沒有辦法再跟別人一起分享你的愛了，如果你無法選擇我，請你放了我！」小月冷靜地說著。

我的身子一直顫抖著，擔心小月就這樣離開我。

「我再問最後一次！你眞的沒辦法跟你老婆離婚，跟我在一起嗎？」小月冷冷地看著我。

「我想跟妳在一起，但是我不能和她離婚，她是無辜的，就像我也無法離開妳一樣。如果我老婆要求我離開妳，我也不會答應的。」我堅定地說著，真的，我兩個都好愛好愛。

「難道我就不無辜嗎？我愛你，爲你付出這麼多，結果你只能給我這段地下情，我很可憐你知道嗎？我好愛你，卻不能獨自擁有你，我眞想叫你老婆去死，如果她死了，你就會跟我在一起了。」小月哭著說，我聽了眞的好心疼，我不要她受這樣的傷害。

「小月，妳不要這樣⋯。」

「你知道嗎？不能擁有你，對我來說眞的比死還痛苦。我活著眞的好痛苦，不是每一個人都和你一樣，可以同時愛好幾個人，我玩不起，我一點都玩不起⋯⋯我眞的需要你，如果不能擁有你，還不如死⋯⋯」

「小月，妳不要這樣！」

緩緩地，小月走近了我，她給我深深的一吻。眼看著她的情緒逐漸恢復，我眞想緊緊地擁著她，但她退後了。

她的眼角泛著淚光，臉上的表情似乎接受了我無法做出決定的事實。

「我眞的好愛你，如果不能擁有你，我情願死⋯⋯」

話一說完，小月迅速將窗戶打開，從高處的十七樓一躍而下。我抓不住的是我冷冷地嘆息與孤寂……。

我的愛情穿越不了重重的枷鎖，再多的愛情也喚不回記憶的深溝。

那一道傷痕狠狠地劃過我的心，留下的僅是玻璃碎片。難道一個人眞的不能夠同時深愛兩個人嗎？這個問題不斷地在我的心底迴盪著。

愛情停看聽

愛情的夢幻在於它的捉摸不定，你不會知道愛情火花發生的時刻，也不知道它什麼時候離去。

狂愛一個人的時候，我們會給對方很多承諾，卻無法預測自己哪一天會變？故事中的小月愛上男主角時，因爲愛，什麼條件都可以忍受，爲了能和對方在一起，她願意當小老婆。但是時間一久，她開始體悟到和別人分享同一個人的愛，實在痛苦！而這樣的痛是她始料未及的，愛得太深，有時放下會比死亡還痛苦。她選擇用這樣極端的方式釋放自己的靈魂。愛情沒有對錯！愛情就是這樣奇幻，當你身陷其中，才會知道愛有多甜？愛有多苦？

愛情餘味

在愛情的邏輯裡，沒有先來後到，只有先搶先贏。

當初我遇見我男朋友Alex的時候，他是我朋友的男朋友，雖然我對Alex有好感，但因爲礙於他是朋友的男朋友，基於道德，我當然不敢輕舉妄動。但是我萬萬沒想到，Alex居然主動追求我，甚至和女朋友翻臉也在所不惜，朋友還因此以爲是我勾引Alex而對我非常不諒解。

老實說，我眞的不知道Alex爲何要苦苦追求我，他說他一見到我的時候，就知道我是他的。光憑這一點，他說他一定要抓住屬於他的幸福。

就這樣，在他積極熱情的追求攻勢下，我接受了他的感情，也和朋友鬧翻了。可是這是誰的錯呢？愛情的公式能分辨出是非嗎？愛情是沒有道德枷鎖的。

愛情一旦出現火花，這樣的烈火怎能夠輕易就被澆熄呢？於是我們很快展開了熱戀。他的熱情和風趣一直深深地吸引著我，感謝上天讓我可以擁有這樣的優質男人。

每次帶他和朋友見面，我知道大家都投以羨慕的眼光，當然有時我也會擔心他被我的其他朋友搶走，更擔心他會因爲得到了我的愛情，而投入別人的懷抱。因爲害怕有一天這樣的情形會發生，所以我努力地想要抓住他的心。

他要我上床時大聲激情愉悅地叫著，我都願意用最大的熱情配合他，爲的就是讓他眷戀我的身體。男人是有性才有愛，要留住他，我一定要能夠抓住他的喜好，因此我們床第之間的變化與新鮮度，往往讓朋友們羨慕與噴飯。

爲了抓住他的心與性趣，再奇妙的招式或變化我都願意配合，只爲了討他歡心。

「這輩子你最愛的人是誰？」這個問題一向都是女人最愛問的，雖然得到的答案往往都是男人取悅女人的結果，但是女人就是愛聽，愛聽男人說的謊言。她們會將這些謊言當做亙古不變的眞理，一生信仰奉守，卻忘了在情感消失殆盡時，誓言往往變了調，而且變成一種諷刺。

就在我和Alex同居半年之後，我做了一個錯誤的決定，導致我失去了自己的愛情，失去了信任人的力量。

我的好朋友小葳因爲要上台北找工作，暫時找不到棲身的地方，於是就在我家暫住一陣子。當時她見過Alex，也知道他是我的男朋友，但是我萬萬沒想到，他們會趁我回美國探親的時候有了近一步的發展。

當我看見我的房間裡有小葳的貼身衣物時，我質問Alex，Alex否認這一切，小葳當然也否認。他們異口同聲說是我搞錯了，我後來反覆思考，原來是我太在乎Alex，所以才會懷疑他和別人有染。老實說，愛情怎麼可能容得下第三者？愛情是獨佔事業，絕不是股份有限公司，不能夠和別人一同分享。

「眞的是妳想太多了！如果妳信任我，就不應該這樣懷疑我。我眞的只愛妳一個人。」聽到Alex這樣深情的對話，我眞厭惡疑心的自己，怎麼能不信任自己的男友呢？

「對不起，是我錯怪你了。我知道你很愛我，我會懷疑你，是因爲太在乎你，害怕失去你，所以才會有這樣瘋狂的舉動，請你原諒我好嗎？」

我想自己應該還是可以抓住Alex的心。而且，不只要抓住他的心，我還要抓住他的人，不要失去如此愛著我的Alex。

「我當然會原諒妳，妳是我的小寶貝，疼妳都來不及了，怎麼捨得怪妳呢！」有了Alex這樣的安慰，我的心稍稍鬆了口氣。

接下來的幾天，我看見小葳神情怪異地躲著我。她不敢看我，讓我感到十分詭譎。

有一次我抓住了機會，便上前詢問了一番。

「小葳，妳好像在躲我！」

「沒有呀！我沒有……」

小葳的眼神飄忽不定，就像害怕被我看穿什麼似的。我覺得事情有些不尋常，所以更想清楚知道到底發生了什麼事。

「妳有。告訴我，到底發生了什麼事？」

「嗯……可是，Alex叫我不能說！」小葳的表情無奈，我更加肯定了自己的懷疑。

「說！有我在，妳說！」

小葳支支吾吾地說著：「妳不能跟Alex說是我告訴妳的喔！妳出國的這些日子，Alex經常帶不同的女人回家睡覺。」

「什麼？」我最害怕的事情居然還是發生了。

「這是眞的，但是，我覺得他還是很愛妳！Vivian！」小葳低聲說著。我的心大受打擊，沒想到我愛的人有一天會背叛我。

我氣憤地飛奔到Alex的辦公室找他問個清楚，但是因爲他在開會，我一直無法見到他。於是我在辦公室焦急地等他，我的心不停地顫抖著，甚至不斷說服自己要原諒他。

「Vivian，妳怎麼會在這裡？」

我一見到Alex，整個人哭倒在他懷裡。那種又氣他又愛他的矛盾心情眞讓我痛苦。

「你爲什麼要背叛我？我那麼愛你，你怎麼可以背叛我？」

Alex緊張地問我到底知道了什麼，我當然一五一十地告訴他我所知道的一切。

他慚愧地跪在我面前痛哭懺悔：「我知道我這麼做對不起妳，可是我眞的太想念妳了，所以才會去pub尋找和妳相似的背影；等酒醒後，我才知道自己犯了不可原諒的錯，妳要原諒我呀！Vivian……」

我氣得狠狠地賞了他一巴掌。我想，我們的關係完蛋了。之後那幾天，我都不想再見到Alex，於是我去借住阿姨家。後來我接到一通電話，是小葳打來的。

「Vivian，妳不要再生氣了！Alex眞的每天都很痛苦，他是眞的愛妳的，妳原諒他好不好？」

其實經過這幾天的冷靜思考，我早已原諒了Alex。我知道他是因爲寂寞才找那些女人上床，並不因爲眞的有感情。

對我來說，那些女人只不過是Alex發洩的性工具，無關愛情。這樣的情況是我可以接受的，只要我以後不離開他，我想他就不會再去找別的女人了。

何況他現在也有懺悔的心，我當然會原諒他，我只不過是想給他一些教訓罷了。

「Vivian，妳就原諒他吧！」

「好吧！我晚上會回去……。」

小葳成了我和Alex的和事佬，我非常感謝她。有時候情侶因爲吵架氣憤，雙方都不願低頭道歉，最後導致愛情破滅，這種狀況是常常發生的。

我想小葳會轉達我的意思讓Alex知道的。

回去的那天晚上，我特意打扮得較性感，因爲這是我和Alex破鏡重圓的新開始。

一直到我進門前，我都是興奮的。

有時候男女朋友在吵架過後，更可以瘋狂地做愛，那樣的愛意會更加濃厚。回來之前我當然知道要給Alex什麼樣的驚喜，所以我盛裝打扮了一下。不過，當我打開門時，突然聽見房裡傳來男女的交歡聲，而且聲音大到連我開門了都渾然不覺。

那聲音是從我房裡傳來的。

「誰？」

到底是誰跟我開這樣的玩笑？

我鼓起勇氣打開門一看，Alex和小葳赤裸著身子，兩人緊抱著彼此，身軀不停地律動著，熱情地做愛。

小葳看見我站在門口，臉上的表情居然沒有驚訝或愧疚，我看到那得意的表情洋溢在她臉上。Alex喘息著，根本無視於我的存在。

「你們在做什麼！」我瘋狂吶喊著，試圖想阻止他們的動作，但是他們似乎聽不見我的吶喊。

我整個人像失魂般地站在門口，看著他們做愛的整個過程。

我不知道自己爲什麼不離開，我應該要趕快離開這難堪的場面才對，但是，我更想讓自己清楚地看清愛情的面目。

後來Alex終於看到我了，他沒有驚訝，他似乎知道我會回來。

「你們……」

「Vivian，妳先不要難過，我想妳都看到了，小葳和我十分契合，我喜歡和她做愛。

自從妳去美國之後，她便取代了妳在我心中的地位。」Alex冷冷地說著，好像他從來不曾愛過我。

「你們在一起很久了？」

我想知道答案，雖然我被判死刑，但我還是要知道事情發生的原因及過程。

「早在妳去美國之前，我們就在一起了。妳不在的時間，就是我們在一起的時刻。」小葳冷冷地笑著，我看見勝利者的姿態與傲慢。

「爲什麼要搶我的男朋友？」

「我沒有搶，是他自己愛上我的，不信妳問Alex！」

我不想問，正確來說是我不敢問，因爲答案會讓我自取其辱。

「Vivian，我眞的沒有搶妳的男朋友，是他愛上我的，妳不能怪我」

我這才想起自己也是從別人手中得到Alex的，現在失去他，就彷彿將他歸還給另一個女人。花心男友的下一個女人會在哪裡？何時出現？我想這都是有跡可循的。

有的人一生都在搶別人的男朋友，這樣的愛情遊戲不斷證明她們的魅力無人能及。搶人的快感、戰勝的愉悅，都是令情場高手不斷嚐鮮的動力，這樣刺激、沒有邏輯的愛情遊戲，對她們來說是一種挑戰，也是一種肯定，肯定她們迷人的魅力。

愛上朋友的男人或女人，有時候問題不在於愛情的力量過人，而是因爲人的忌妒心產生了微妙的化學變化，他們貪婪地只是想要眷戀別人身上的愛情餘味。

有時候，愛情會敗在自以爲是的成功裡。

愛情停看聽

在寫這本書時，剛好參加節目錄影遇到了小潘潘，她和我談到了有關於她之前被要好的室友橫刀奪愛的故事，那時她回想著所發生的一切，至今都還心有餘悸。

女人往往太信任男人，男人在外面的一切，她從不懷疑，有一個朋友的丈夫外遇了，情婦打電話來嗆聲，說明她先生在外面是如何找時間和情婦約會的，太太接到電話，只告訴對方說：「我相信我先生不會騙我！妳就是要破壞我們之間的感情。」這樣的太太一點都不知道警覺，因此給了男人可以放縱的機會，反正他知道，老婆就是信任他。

當然，也不是叫你採取緊迫盯人的態度，只不過對於愛情，對於任何人的魅力都不可以輕視，更不要叫你的好朋友去照顧你的男、女朋友，否則有一天你的愛人琵琶別抱，那可是哭都來不及的。

半路遇上的幸福

十七歲時，我不顧父母的反對嫁給了現在的先生。

我一直認爲自己是一個幸福的女人，雖然早婚，但是我的婚姻並沒有出現什麼大問題，而且我堅信自己應該會一直這樣過下去，直到白髮蒼蒼。我想執子之手與子偕老，這樣的幸福景象我應該看得到才對。雖然現代社會外遇誘惑很多，但是我始終相信我的先生，而他也眞的沒有做出什麼令我傷心的事情。

結婚之後，我很快地懷孕產下一子。傳宗接代的責任完成，心中也沒有太大的壓力。雖然和公婆同住偶爾會有些小摩擦，但生性溫和的我總是忍氣呑聲，不讓先生在公婆和我之間當夾心餅乾，所以很多事我都忍了下來，不敢向先生抱怨。

我忠心地侍奉公婆，將他們當作是我的親生父母一樣孝順。本來生活一切都過得正常，但是在一次車禍意外中，公婆因爲受了重傷而成了半身不遂的老人，他們一時無法接受這個殘忍的事實，性情大變，變得愛發脾氣、愛打人。說眞的，一次要照顧兩個老人眞的很辛苦，何況我當時還有一名年幼的孩子。

那種壓力常讓我喘不過氣來，因爲不論是照顧老人或是小孩，都不容許有一點差錯。我承認我非常傳統，也一直認爲這樣的生活非常適合我，我從沒想過自己的生活會有什麼改變。直到公婆過世後，先生因爲經商失敗整個人性情轉變，我的世界頓時變色，整天都處在烏雲罩頂的氣壓中，我開始懷疑自己的人生已經變調，而這變調的人生不知能否有回復正常的一天？

先生經商失敗後整天待在家裡，原本是大公司老闆的他根本不可能放下身段去找工作，因此經濟重擔全落在我身上。先生經不起失敗的打擊，決定將房子拿去貸款做生意，希望可以重新來過。其實，我並不一定要過舒適富裕的生活，只要家人都健康平安，平淡生活對我來說也甘之如飴。但是，我先生他卻始終無法接受失敗。因此，我們的婚姻逐漸在他的自怨自艾中走向失敗。

這樣渾渾噩噩過了十多年後，小孩也漸漸長大了。先生的工作始終沒有起色，但是我卻已經受不了他長期的暴力毆打，以及沒有原由的辱罵。

「我看見妳就生氣……」他常常突如其來對我飽以拳頭。

剛開始我都不會回嘴，但是近年來我漸漸無法忍受他的虐待，於是勇敢地反抗他，哪怕可能會得到更多的毆打和辱罵，但是我非得這麼做不可。

女人的愛在這一拳一拳的摧毀下煙消雲散。我不清楚自己到底還愛不愛他？因爲他已經和我當初認識的他不同了。有時候氣起來，我甚至想拿把刀子殺了他，幸好我的理智阻止了我這麼做。不過，想離開他的念頭也在此時慢慢滋長。

「只要有機會，我一定要離開你……」雖然我常常這麼說，但是卻沒有一次眞的離開過。

「妳就是要靠我一輩子，沒有我，妳活得下去嗎？也不想想妳幾歲了？還會有哪個男人要妳？全世界就剩下我這個倒楣鬼了。」

他指著我的頭罵道。這些話我早就聽習慣了，一點也不會傷害到我，哀莫大於心死，我想就是這樣的感覺吧。說實在的，眞正的倒楣鬼應該是我吧！自從嫁進他們家，每件事，每個人我都盡心盡力地照顧，全心全意奉獻給這個家，但是我現在得到的卻是什麼？

後來我外出工作，在工作職場中也認識了不少男人。因爲家庭已經沒有溫暖，所以我一直期待自己可以遇到生命中的救贖者。

直到我眞的遇見了他——謝孟睿。

他知道我已婚，可是他還是十分積極地追求我。在他強烈的追求攻勢下，我的心宛如少女般起了波瀾。何況當時的我才三十歲出頭，歲月在我身上並未留下太多的痕跡。

「他不會珍惜妳，但是我會，只要妳一句話，我就帶妳走。」

他不是年少輕狂才說出這樣的話，我們也不是因爲寂寞才相遇，他總是能在我最需要他的時候出現。或許，他就是我期待已久的救贖者吧！辛苦了這麼多年，終於有人願意用心疼惜我，以前我在夫家做牛做馬，也不見先生對我說一句感謝，反而是將他經商失敗的原罪都怪在我頭上，我爲這個家庭所付出的一切，他全都推翻掉了。

我的心一片一片凋零，甚至有時候更希望可以不要看見他。此時的我，早已經忘了他曾經是我最親密的枕邊人。當愛情起了化學變化，是幾乎沒有回到原點的機會。我的婚姻就是這樣的狀況。孟睿對我非常好，或許我不應該在還有婚姻的狀態下和他交往，但是當愛的感覺襲捲而來，我無法抵擋，只能任由愛的本能繼續延續下去。

於是，我越來越晚回家。

「妳終於知道要回來了？妳是怎麼樣？在外面做什麼大事業啊？要這麼晚回來才高

興？還是外面有什麼新鮮貨？妳捨不得回來……」先生從我一進門就不停地指責我，我只能狠狠地瞪著他。他就是這樣，一定要用最難聽的話諷刺我他才會高興。

可是，我心裡明白他說的都是眞的，我確實在外面有了新歡。雖然我和孟睿只有單純的精神外遇，但是我自己也沒有把握這樣的關係會持續多久，因爲愛得越深，就越想要和對方有進一步的發展。

「你不高興我這樣，你可以去找別的女人，我不想再當你的奴隸！」

我眞的希望他可以再去找別的女人，因爲這樣我就有正當的理由可以離開他了。

「瘋女人……」

啪！又是重重的一巴掌打過來。這樣的賞賜對我來說算是家常便飯。我只有靜靜地離開現場，躲開戰爭回到房間裡。等待半夜他睡著時，我偷偷打電話給孟睿，告訴他我遭受到的污辱。我知道他會疼惜，我的心可以在他溫柔的憐惜下得到修復。

女人眷戀溫柔的程度就像是吸了嗎啡一樣，上癮而無法自拔。

對我的小孩來說，媽媽的外遇出軌是不道德的，但是在人生這條道路上，我遇見眞正的幸福，難道要讓它這樣擦肩而過嗎？我不會有所遺憾嗎？我捫心自問，答案是我會！幸福的感覺已經離我好遠好遠，我好不容易找回了那種感覺，我不要再走回頭路，去過那種沒有感情的日子。以前我和先生或許非常恩愛，但是生活的變化永遠是你無法掌握和預測的。

我的生活變了，丈夫變了，更重要的是，我的心也徹底地變了。

「我恨不得立刻飛奔到你身邊……」我哭著說。

「妳願意嗎？只要妳願意，我現在馬上帶妳走……」孟睿在電話那頭認眞地說著。

我知道他說的是眞的，因爲他已經不止一次說出這樣的話。我當然願意，但是現在眞的不是時候。我害怕自己離去的同時，也會失去我至親的骨肉，我的孩子。

先生萬一知道我出軌了，他一定會拿小孩來威脅我；爲了小孩，我不敢勇敢追求我的幸福，我害怕失去他們…。

我想很多失婚的婦女都是爲了小孩過著忍氣吞聲的日子，這是很無奈的，因爲除了自己的人生之外，我們還要考慮到小孩的未來與影響。想到這裡，我眞的非常不忍心。

「再給我一些時間……」

「相信我，我會給妳幸福的。眞的，請妳相信我。」孟睿的語氣誠懇，我感動地不停流淚。但是，我眞的不知道還能用什麼方式回應他的愛。這條路上我已泥足深陷，似乎沒有逃離的可能。

「妳在跟誰講電話……」

我驚嚇地匆忙掛上電話，雙手不停顫抖。我不知道他會醒，因此害怕得不知所措。

「妳到底在跟誰講電話？妳哭什麼……」他一把抓起我的頭髮，在我還來不及反抗之前就被他抓進了房間審問。

「我……」我痛得無法開口。

「妳讓我戴綠帽是不是？」他這句話問得我十分心虛，我不敢回答。他目露凶光，我害怕他會做出不理智的事情。

「我沒有……」這時候我的手機響了，我猜一定是孟睿打來的。他一定是擔心我的狀況，怕先生又對我動粗，所以馬上打來關心我。

先生衝過去接起電話，我所擔心的事全都在這一瞬間爆發出來了。

「你是誰呀？說話呀！」

「你不要對她動粗！你要是再動手打她，我就報警抓你……」孟睿在電話中氣憤地說道。

「你心疼是嗎？我打我老婆關你什麼事？你們這對狗男女背著我做出什麼不可告人的事情，讓我戴綠帽……」

先生氣憤極了，將手機摔在地上。我知道大事不妙。他衝進廚房拿了一把菜刀，架在我的脖子上。

「妳居然背著我偷人……」我看見先生眼角泛著淚光。事情今天會演變成這樣的結局，是誰都料想不到的。這麼多年來，我受的苦也夠多了，我和他的感情一點一滴地在暴力中失去，我滿腹的怨恨已經留不住往日的情感。

「我已經沒有辦法和你生活下去了……」我大哭著，我想要眞實面對自己的心情，哪怕下一秒鐘會被亂刀砍死，我也非說出自己的心聲不可。

「妳因爲我經商失敗就看不起我，而且要爲了另一個男人離開我？」

「不是！我是因爲你已經不愛我了，所以我要離開你……」

「我哪裡不愛妳了？」先生崩潰地哭了。

「有！你不愛我，所以你才會打我。現在，我要離開你，去尋找我的幸福。愛一個人是不會動手打他的，不管多生氣都不應該動手……」

「妳敢走我就殺了妳！」

「就算你殺了我，我也要去尋找我的幸福。」

幸福是掌握在自己手中的，只有自己去尋找，才能擁有眞正的幸福。

愛情停看聽

我一直都相信，只要有愛情的存在，都是有希望存在的。

很多人一旦結婚之後，發現婚姻的本質不是她當初所想像的，或者更嚴重的是對方的行爲不是我們能忍受的，尤其家庭暴力，這更是不可以容忍的事情。我認爲在無法繼續生活的基礎下，我鼓勵應該要離婚，去尋找自己的新生活。這倒不是叫你看輕愛情，想結就結，想離就離，當然希望你在結婚前先想清楚自己是否適合婚姻？眼前這個人究竟是否適合你？

婚前很多事都是美好的，很多變化出現在結婚後，是難以預料的。不要再像傳統的婦女忍氣吞聲一輩子，兒子、女兒不會是你往前進的絆腳石，應該是你的原動力，因爲你過得好，他們才可能過得好！若要爭取監護權，你要擁有更多的實力與幸福，我們生活的周圍是有很多可以利用的資源及支持系統。追求自己的幸福，不論你幾歲！我們都有戀愛、被愛的權利。不愛我們的人，請閃一邊去！勇敢去愛！

飛蛾之戀

現在這個時代，如果如果什麼事都要仰賴男人的話，不夠獨立的女人，萬一遇到感情上的挫折，我想他的天塌了，你的愛也會因此而毀滅。

所以我一直警惕自己不可以太依靠男人，凡事學會獨立，這樣男人就控制不了我；相反地，男人會害怕失去我，而處心積慮地想要抓住我。一旦讓人無法掌控你的思緒及一切，我就成功了。

當然，我十分渴望愛情的滋潤，也期待眞愛出現，只不過，愛情在一次又一次受傷挫折後，我變得越來越脆弱，脆弱得無法再相信眞愛的存在。

愛我的人很多，我愛的人也很多；我不能說自己多情，因爲每一段感情，我都不曾用心，我奉行一句愛情名言：「被愛比愛人好。」

我喜歡被愛，但是我拒絕去愛別人，因爲我不容許自己再受到感情上的傷害，我必須要保護自己才行。

朋友們都說我是得不到眞愛，所以在糟蹋自己。我倒不這麼認爲，我一直都希望過自己的生活，希望自己快樂，因爲我曾經痛苦過，我不希望自己再爲了愛情而失魂。因此，我有很多男朋友；那些男朋友每一個都有不同的功能取向，有的可以陪我聊天談心，有的可以陪我出遊，有的可以和我盡情享受性愛帶來的刺激快感，每一個人都可以帶給我不同的快樂。

我愛他們，他們也都愛我。他們知道我不可能給承諾，因此會仔細要求自己記住這條戒律，因爲只要和我談永遠，我就會將他打入十八層地獄，永不再聯絡。我很清楚自己想要的關係是什麼，所以我的男人當然也要搞清楚狀況。

當然，我也曾碰到玩不起的傢伙，纏得我受不了，只好找其他男人出面幫我解決。

我的男友們也知道其他男人的存在，他們不會吵鬧，誰有空誰就陪我，吃醋的事鮮少發生。因爲他們都知道我不喜歡處理這樣的事情，所以即使他們之間有抱怨，大多也不會讓我知道。

我的愛情觀很簡單，就是只求快樂不求永遠。

「可可，今晚我可以來陪妳嗎？」

城偉下了班就在第一時間打電話給我。我在接他電話的同時，手中還有幾份公文還沒有看過，正在擔心是否要加班。

城偉繼續說：「要加班嗎？不然我去買妳喜歡的刀削麵，送去公司給妳吃。」

我是個美食主義者，最大的興趣就是吃美味的餐飲，這樣會讓我感到滿足與快樂。

城偉眞的是很了解我。

「好哇！那就麻煩你囉！」

才剛掛上城偉的電話，接著我又接到了齊明的來電。他約我晚上碰面，但我不知道要忙到幾點才下班，不過我眞的很想和他見面，因爲我已經有好幾天沒有見到他了。他和我是最談得來的，而且對我也十分體貼。老實說，我更眷戀和他在床上溫存的滋味；他把我當小貓似的玩弄在掌心之中，讓我感到備受呵護，還有一種貓咪獨有的驕傲。

「可是我晚上要加班！不知道幾點才會下班耶？」我嘟囔著說。

「那我去辦公室等妳好了！」齊明說。

「但是，等一下城偉也會來。他幫我送晚餐過來。」我先說明白，免得在沒說明的情況下碰面，大家還是會有些尷尬。

「沒關係，我和他見過了，應該沒關係吧！這樣好了，那我也帶些小菜過去，大家一塊吃。」齊明識大體地說著，我就是特別喜歡他這樣的感覺。

如果當初我遇到的第一個男人是他的話，或許今天我就不會對男人如此不信任了。

「嗯！好！你最好了。晚一點我們再去狂歡！」

「好！這是妳說的喔！到時候就只有我們兩個人喔！」齊明在向我要承諾。這樣小小的承諾我還給得起，所以我答應了他。

接下來，我又接了五六通電話，但我都只是敷衍幾句宣稱很忙就收了線，大家都能諒解我的心情。

我有一位兩性專家朋友告訴我，他說這些男人不離開我，只不過是在相互較勁，看看到底誰可以擄獲我的心；也或者，大家都不願意收手的原因是因爲我這個奇怪的女人玩弄了這麼多男人，因此想要給我個教訓，所以我不得不更小心。

老實說，聽完我朋友的建議之後，我對於周遭這些男人更加小心，因爲我擔心哪天眞的被挾怨報復，那我就眞的得不償失了。

在這些非眞愛的感情遊戲裡，當然有最喜歡和最不喜歡的人；而我的男人們裡面，也有我比較不喜歡的。

齊明是我最喜歡的一個，他對我真的很好，如果哪天我真的收心了，我想如果他還要我，我就會嫁給他吧！

我心中老是這樣想著，替自己留了一條退路。

沒多久，齊明和城偉陸續都到了，而我也正好忙完了公事。我看見他們兩個人，都各自給了一個擁抱。

「趕快來吃吧！」齊明體貼地說著。

城偉雖然沒說，但是我知道他也是體貼我的，只不過他不像齊明那樣能言善道。

「城偉，你也快來吃吧！」

大家聚在一起吃東西，雖然場面多少有些尷尬，但總能適時地被化解開來。突然，我的胃感到一陣翻滾，令人做嘔！我快速跑進了女廁，將剛下嚥的食物全都吐了出來。

「SHIT！怎麼會這麼不舒服呀！」那痛苦的感覺令我感到震驚，這是我從沒有過的感覺。

接著，我的腹部開始疼痛起來，痛得我無法起身。我跌坐在地上，無法站立。

「可可，妳沒事吧！好一點了嗎？」女廁門外傳來了男生的聲音，我聽得出那是齊明的聲音。

「我肚子好痛喔！」我痛得站不起來。

話一說完，齊明就衝進女廁，不管三七二十一，一把將我抱起。

「我帶妳去看醫生。」

說完後，齊明就將我抱出了女廁，走到我座位上拿了皮包往辦公室門口走去。

因爲我眞的很不舒服，所以此時也沒注意城偉的反應。老實說，我沒有心情管這麼多，我眞的感覺很不舒服。

「我想我可能是急性腸胃炎吧！所以才會這樣上吐下瀉……」

齊明帶我去看完醫生後，接著就載我回家。

「我覺得是今晚的刀削麵有問題……」齊明突然懷疑地說。

「怎麼會呢？」沒憑沒據的，應該不可能吧。

「我今天要進門前，看見城偉驚訝地看著我；他沒有和我一起進辦公室，說要先去茶水間一下；妳吃的那碗刀削麵原本是城偉遞給我的，所以我懷疑……」

「不可能啦，城偉他不可能害我……」

「他當然不可能害妳，他要害的人是我。別忘了，妳吃的那碗原本是我要吃的。」

「怎麼會？」

「而且當妳衝進女廁時，他一臉驚恐……所以我對他的懷疑是合理的。」齊明再次理性地分析給可可聽。

「如果眞的是這樣就太不應該了，我說過我不希望我的男朋友會爭風吃醋。」可可有些沮喪地說著。

「唉！」

接著那幾天，我沒再和城偉聯絡。我開始懷疑，那件事情眞的是他做的。因爲他明知道我腸胃炎，卻連一通關心的電話都沒有，所以以後他再打來我也不想接他電話了。

我整個人因爲生病而沉溺在齊明的溫柔照顧中，也不再像過去那樣頻繁地出門約會，大部份時間都跟他在一起。但是當我非常依賴齊明的時候，一件晴天霹靂的事情卻發生了。原來我不是腸胃炎，而是懷孕了。

醫生給了我一個令人震驚的答案。他說我的症狀不是腸胃炎，而是我懷了兩個月的身孕。我跌坐在醫院的沙發上，久久無法回過神來。

「不可能的，我保護得很好。」我很篤定地說著，似乎不想接受這樣的結果。

「事實就是這樣，妳懷孕了。老實說，避孕器、保險套這些東西都無法百分之百保證可以避孕。」我知道，這我當然知道！但是我不相信自己會這麼倒楣，這種事怎麼會發生在我身上?!

「怎麼辦？我懷孕了！」我哭著對齊明說。

齊明一臉驚訝地說：「那怎麼辦？」

「我也不知道！」其實最慘的是，我不知道這個孩子的父親究竟是誰？我要叫誰來認帳呢？

「妳有什麼打算？」齊明問我。

「我不知道。」我倒在他懷裡哭了又哭，就是想不出辦法該如何接受這個事實，以及接下來該怎麼做？

「你可以陪我去把小孩拿掉嗎？」

我鼓起勇氣對齊明說。畢竟這個小孩是在沒有心理準備的狀況下來到的，我當然沒有理由留下他。

「我？可是我又不知道是不是孩子的父親！」

天啊！齊明居然這樣回答我！

我生氣地拿起電話打給其他男人們。想到齊明居然這樣對我，我就要讓他知道，他不陪我也會有其他人陪我去。沒想到，我一個一個地打電話，大家卻互推皮球不肯承認，每一個人都說：「孩子是我的嗎？妳怎麼能確定？」

我怎麼能確定？我怎麼可能有辦法確定，因爲我那荒誕的性生活。

「等妳確定孩子是我的，再打給我。」

我跌坐在椅子上，看著齊明。他是我最後的希望，至少他現在還在。我不得不承認，男人又再次深深地刺痛了我的心。

「齊明，你陪我去好嗎？」

「不行啦！孩子不是我的，而且下禮拜我要結婚了，萬一被我女朋友知道的話，我連婚都不用結了。」

「你要結婚？你還有別的女朋友？你怎麼可以背著我有別的女朋友？」背叛的感覺又再次襲擊我的心。

「可可，妳自己有這麼多的男朋友，爲什麼別人不能有？太不公平了吧！而且妳一個女人家也玩得太過火了吧！把男人玩弄於股掌之間，妳以爲大家眞的愛妳嗎？玩得越過份，受傷的只有妳自己！」

齊明說完話轉身就走，這時我才知道，飛蛾撲火的危險必須等到火逼近了，回頭也來不及抽身。

愛情停看聽

因爲不相信愛情，於是就去糟蹋別人的愛情，這樣的人是自私的。還有一些人，因爲受到感情的創傷，於是開始玩弄愛情，玩弄愛你的人，結果等到對方傷痕累累，甚至付出了生命，才知道愛情眞實存在，但是玩過了頭，愛情毀了，人也殞落了，一切都來不及了。對愛情認眞的人，或許有一天會受傷，那樣的傷是情傷，而玩弄愛情的人，有一天他要付出的代價是留在心底烙印的悔恨，終日提醒你無法癒合的傷口，是痛不欲生的印記。

眷戀之情場失意

在愛情遊戲中，為何有人可以無情的結束另一個人的感情；為何有人可以如此勇敢面對無情與絕情？如果說愛情沒有對錯，情人的背叛是為了追求真愛，那麼，多情的戀人今日為何絕情？

眷戀之情場失意

在愛情遊戲中，為何有人可以無情的結束另一個人的感情；為何有人可以如此勇敢面對無情與絕情？如果說愛情沒有對錯，情人的背叛是為了追求真愛，那麼，多情的戀人今日為何絕情？

陽光中的哭泣雲朵

憲鋒是我的初戀，我和他談了半年的戀愛。我珍貴的初吻給了他，終究留不住他的心，他還是在遇到另一個比我美麗活潑的女孩之後，轉身離我而去了。

離開時，他不斷地告訴我，他說這段感情的結束不是我的錯，而是大家緣份盡了，他鼓勵我繼續自己的青春年華，不要因此而垂頭喪志。

單純的我原先認爲分手的情人還是可以當好朋友，但是在分手過後的一個多禮拜，我就徹底地失去他了。我這才知道，男人的謊言，有時是留給情人後路的手段，我應該要懂得，也必須懂得男人的語言。

分手之後不久，我打電話哭著跟憲鋒說：「我真的好想你，你說過，分手後我們還可以是好朋友，我還可以打電話給你。」

還沒等我說完，憲鋒劈頭就說：「妳是傻瓜嗎！那是安慰妳的話，妳聽不懂喔！媽的！老子正在跟女人上床，妳來攪什麼局呀！」

憲鋒生氣的語氣嚇壞了我，我不懂傷心，還感覺痛苦得快要死去。憲鋒一說完，根本不給我說話的機會，就把電話給掛了。之後我再也找不到他，也不敢再找了，我害怕會再受到第二次的傷害。

後來我從朋友口中得知，憲鋒他老是抱怨和我不能有進一步的肢體接觸，這樣的話讓我想起了最後一次打電話給他的情景，他正在和別人的女人做那檔事。

「原來男人想要時，妳不給他，男人可能就會失去了追求妳的刺激與興趣。」

雖然兩性專家都說這是愚蠢的想法，但是我卻真的深受其害。

後來我遇到了志全，他的體貼溫柔一下子就擄獲了我的心。我害怕失去他，於是我們認識才沒有多久，我就把這輩子最珍貴的第一次給了他。

當他看見床單上的血漬時，他問我：「妳是不是第一次？」

我嬌羞地點點頭。

他立刻感動地抱著我說：「原諒我這麼愚蠢的問，因爲我這輩子還沒有遇到過處女，所以我根本不知道。對不起，如果我知道妳是第一次，剛才我一定會更溫柔……我是不是弄痛妳了？」

我點頭稱是，但卻不敢輕易地說出剛才我的疼痛有如萬馬奔騰般地撕裂我的身體。雖然疼痛，但是因爲害怕失去志全，所以我根本不敢大聲驚呼或抗拒。

「我眞的太感動了！」

我訝異地在志全臉上看見喜悅的淚水，原來有人會這麼疼惜我。

我的付出算是得到了回饋，原來男人得到了處女的身體是如此的珍惜，難怪憲鋒一直以爲我不夠愛他。

愛一個人，用身體來證明，或許也是一個快速的方法。

在有了第一次的性經驗後，志全只要一見到我，他就會想要，而我就是靜靜地配合著他，即使那天我的身體並不方便。他說他不在乎我的身體是骯髒的還是純潔的，他都愛極了。

在他的甜言蜜語慫恿之下，我總是乖乖地配合著他的動作。

幾次之後，我覺得志全似乎要的只是我的身體。每次一見面，我們不是在家裡做愛，就是去賓館做愛，幾乎沒有其他的休閒娛樂。不像當初他剛認識我時，還會帶我到公園散步，現在，我們的活動範圍就僅止於床第之間的情事了。

我眞的很想改變我們這樣的相處模式。

「志全，你有空時可以帶我出去走一走嗎？培養一下感情！」我俏皮地說著，因爲我擔心用詞不當會惹來他不高興。

「培養感情不就是爲了上床嗎？幹嘛繞一大圈，在床上培養感情比較方便嘛！」

志全給了我這樣的答案，我不敢說不，因爲我怕失去他。

直到有一天，他提議說：「我們來玩點不同的花招吧！」

志全那天帶了一片VCD給我看。我大概可以猜得到是A片，心裡已經有個底了。

但是眞正開始看了之後，我便開始不停發抖，甚至噁心到想吐。

片中的女人不斷含潤著男人的陽具。

最後，我終於忍不住跑到廁所去吐，將中午所吃的飯菜全都吐了出來。因爲身體不舒服的關係，所以我並沒有注意到志全的表情。

一回到房間，我順口就說：「哇！這實在是太噁心了，要是叫我含著那話兒，不如叫我去死！眞噁心　尿尿的地方怎麼可以這樣　噁心！噁心！」

等我一說完，志全便起身拿了他的外套。我覺得他怪怪的，是不是我說錯了什麼？

「志全，你去哪？」

「我去找一個願意幫我口交、又不會覺得口交是噁心的人。我想我們不適合。」

話一說完，志全就再也沒出現過了，我又失去了我最愛的人。

從那一次之後，我一直努力想克服自己的恐懼，於是去租了許多A片回來看，準備好好觀摩學習。

我告訴自己，絕不要再讓自己受傷，我要在感情中贏得勝利。

最後，我遇見了冠華。他比志全對我好上一百倍，我們當然也發生了關係，但他不會每次一見面就像瘋狗似的想要跟我做愛。

他前戲很長很浪漫，性能力也非常持久，而且在做愛的過程中，他很在乎我的感受，不會要求我做不想做的動作。

爲了要討好他，我第一次主動低下身來，在他最敏感的部位來回淺嚐。他禁不住打顫，告訴我說：「妳是第一個肯爲我這麼做的女人，感覺眞的好舒服……」

我想，我抓住了他的心。

之後，他還是非常溫柔地對待我，絕不像其他男人得到女人之後，態度就一百八十度轉變。

這段感情我付出了所有，一切都是美好的。

直到有一天我去他的住處整理房間時，意外發現了他的廁所裡有別的女人的內衣褲，而且樣式大膽，都是我不敢輕易嘗試的。

回到家裡，我不敢吭聲，不敢讓冠華知道我看到的一切，並且，我也偷偷到內衣專櫃買了幾款相似的內衣。我想給他驚喜，也想抓住他的心。

他看了我穿的內衣，感到十分興奮，我想這一次自己是做對了。愛一個男人，就要知道他的興趣，不僅要知道，而且還要包容。

過了幾天，冠華又請我到他家幫他把要換洗的襯衫送洗。我沒有事先打電話給他，就直接過去了。

沒想到一開門後的情景，將我嚇傻了。

我看見冠華和一個女生全身赤裸地躺在床上休息，我的雙手不停顫抖，想哭卻又不敢哭出聲音。

萬一冠華知道了，會不會跟我分手？這是我腦海中第一個閃過的念頭。

「男人嘛！有時逢場作戲是難免的。」我這樣安慰著自己。

我靜靜地離開，不敢驚動熟睡的這兩個人，一切就當作我看錯了吧！

回到家時，我接到了冠華的電話。

「今天好累喔！加班到剛剛才回到家。妳要不要過來幫我秀秀？」我拿著話筒，含著淚水聽著冠華說的話。

我一句話都沒有回答，深怕自己一開口，淚水便會決堤。

「怎麼了？寶貝，我今天好想妳喔！要不要過來？還是我過去呀？」冠華依然溫柔地說道。

「我好怕失去你……」話語一字一字緩緩地從我口中吐出。

「怎麼會呢?小傻瓜!我一輩子都不會離開妳的。」冠華安慰著我。

我可以原諒他有其他的女人，但是卻無法接受他會離開我的可能。

所以，只要能留住冠華的心，要我做任何犧牲我都願意。

「如果你有新的女朋友一定要告訴我喔!你要交新的女朋友或是帶女人回家，我都不會有意見，只要你跟我說一聲 。或者你不說也沒關係，我願意給你最大的空間，只要你繼續愛我，跟我在一起。」

這是我的肺腑之言，我不想再失去心愛的人，也不願意再忍受愛人離去時的傷心。

「妳在說什麼?我不會的!」

雖然他說的不是眞的，但至少現在他還在，我不能搓破他的謊言。因爲謊言一旦不存在，留下的或許會是殘破不堪的心。

「如果你覺得我們的性生活不夠刺激，你可以說，我願意配合。只要你開心，你要我做什麼我都願意……像是最近流行的3P、4P，只要你想玩，我都願意配合你，只要你不離開我!」

冠華的臉上流露出歡愉的表情。他擁有的是專屬的情人與愛情中難以尋覓的信任空間，他不知道，那是女人必須封鎖靈魂才能苟同的行爲。

這一切的犧牲與配合，爲的只是留住愛人的心。

陽光中的哭泣雲朵聽不見啜泣聲，看見的只有她流下的藍色淚水。

愛情停看聽

愛情的力量眞偉大，可以讓你爲了對方做出你不想做的事情。但很多人卻忘記了，愛情是兩個人的，如果你不願意爲對方而改變，這樣愛情就出現了危機，如果你的愛人會這樣對待你？你還要不要愛他？

愛情應該要有付出也要有回饋。如果你一直都在做討好別人的角色，這樣你像是在談戀愛嗎？雖然說愛情是無怨無悔的付出，但是也不能夠因爲愛一個人而失去自我，把自己塑造成對方的愛情玩物。

愛情是很美好的，愛一個人，眞心爲他付出，他感受到你的愛，當然也會無怨無悔的爲你付出，這就是愛情甜蜜的所在。

旋轉木馬的女孩

尤世宏是我的哥哥，他在唸書時有一個很要好的女朋友，相戀了近十年。這段感情歷經了哥哥重要的軍旅生活，當時衆家親友還誇讚這個女孩，說她會破除兵變的迷思，要我們相信不是每個當兵的人女朋友都會發生兵變。

對於哥哥的女朋友，我心中著實感到佩服。她的成功，或許是在我們看到事實眞相後，才驚覺到她是一個多麼與衆不同的女子。

高中時，只要經過哥哥的房間，我一定要十分小心與輕手輕腳，絕不能妨礙了哥哥的好事和戀愛氣氛。

有時哥哥的女朋友發出嬌羞的喘息聲，我總忍不住想笑，心裡想著：「既然這麼痛苦就不要做嘛！」

後來我將這些小道新聞說給同學聽，請他們給點意見，他們說：「男生喜歡女生叫！有的喜歡女生叫得大聲，有的喜歡女生叫得痛苦，有的則要女生口中不斷說著你好棒、你好棒！」

我們一群同學聽著總忍不住想要大笑。

記得哥哥當兵之後，他只要放假一回家，一定會帶女朋友上樓，這種時候我就不敢待在樓上，因為我也怕不好意思。

反倒是爸爸常叫我不要去吵哥哥。我知道哥哥很愛他女朋友；哥哥是個脆弱的人，他的每一次感情紀錄我都陪他走過。

他真的很可憐，每一次都傷得很重。不是哥哥不夠好，只是他每次都愛得太深，給了太多的愛，這對對方來說卻是另一種負擔。

我不是他的女朋友，無法想像那種感覺，但我曾經說過，如果有一個人也用哥哥對待女朋友的方式對我，我一定會很感動。但畢竟每個人對愛情的看法不同，要的愛情方式也都不同。

哥哥是一個浪漫的人，我常看見他親手做卡片或是畫一些感性的小漫畫哄女朋友開心，真的是非常用心。

「哥，你什麼時候要結婚啊？」

「等我當完兵應該就會和淑惠結婚了吧！怎麼？妳想當伴娘呀？還是妳想比我先結

啊？」哥哥調侃著說。

「沒有呀！只是希望看到你經營這麼多年的愛情有一個完美結局嘛！這樣我也會對愛情有點信心。」

從小看著哥哥情路上的顛簸，我對於愛情當然也會有些遲疑與擔憂。

我一直認為他的這一段愛情因為談得最久，當然最終也會開花結果。

「會的！我一直都認為我會和淑惠結婚，畢竟她對我眞的很專情。」

哥哥深情地說著。我們全家也都一直認同淑惠所做的一切。她對哥哥及我們家的人眞的很照顧。

我永遠忘不了那天的情景。哥哥一個人一語不發的坐在沙發上，獨自喝著高粱。在酒精的催化下，哥哥很快不勝酒力醉倒在沙發上。爸爸和我看到哥哥這個樣子，大家都嚇呆了。

哥哥雖然醉倒了，但是我隱約聽見他的心正在哭泣吶喊著。

我有預感，會讓哥哥這樣只有一種可能，那就是哥哥失戀了。

可是爸爸說：「不可能的，前幾天哥哥退伍時，淑惠還來家裡一起慶祝，不可能在這麼短時間內就分手了。」

「哥哥喝得這麼醉，我想八成跟感情有關。希望他們兩個只是吵吵嘴罷了！」

隔天中午我起床時，看見淑惠來到了我們家。我聽見她和哥哥在做愛的聲音。此時我心裡想，兩個人沒事就好了，因爲我眞的不認爲哥哥還能承受再一次的傷害。

果眞，沒多久他們就合好了。家人也都以爲這一切已經雨過天晴了。但是，哥哥臉上卻少了歡笑與快樂的笑容。當我詢問他時，他推說是因爲找工作很辛苦的關係；看到哥哥臉上逐漸少了光彩與笑容，我眞的希望他灰暗的心情能趕快過去。

「我暫時會將所有心思放在工作上吧！」

哥哥給了我一個詭譎的笑容。我不知道哪裡不對勁，但是我知道，哥哥變了！他變得憂鬱，整個人都變得灰灰的。

隔天，我在街上看見了一個驚人的畫面。

我和哥哥去買炸雞吃，當我正在停車時，看見對街出現了一個熟悉的身影，哥哥和我都傻眼了。我想，當時我的震驚應該要比哥哥要大上幾千倍吧！

「淑惠！」我驚訝地看著對街的一對男女不在乎路人眼光，親密地視若無睹親吻起來。

我第一時間轉身看著哥哥。

「哥！」

哥哥一句話都沒說，只是靜靜地站著。感覺上他沒有太大的震驚，只是冷冷地看著眼前這一幕。

「太過份了！這個賤女人！賤死了！」我氣得想上前臭罵淑惠，沒想到她在我家裝得那麼端莊，骨子裡根本是個蕩婦。

我萬萬沒想到這種事會發生，完全在我的預期之外。

我一直努力想尊敬這個未來的大嫂，但是她居然背叛了哥哥。

「太過份了，昨天她不是還來我們家和你卿卿我我的，現在竟然馬上就換了另一個男人，幹嘛！她那麼怕寂寞啊！」我眞的替哥哥打抱不平，我痛恨她欺騙哥哥感情的行爲。

「哥！要是我，我現在一定上前賞她一巴掌。」我眞的是氣憤到了極點。

只見哥哥搖搖頭，一句話都不說，就準備牽著摩托車回家。我們根本沒有心情買東西回家吃，沿路上，我都不敢再多說些什麼，因為我擔心脆弱的哥哥會因此而崩潰，我想，此時他是最不好受的。

一回到家，哥哥馬上就進了房間。他不願再和我交談，也不願意觸及剛才所看見的一切。

我一個人呆坐在客廳沙發上，不知道接下來會發生什麼事。

「文文，哥哥在嗎？打他電話都沒人接。」大廳門口探出了一個身影，這個人現在成了我的最恨。

沒想到會完情郎還可以安排接連的行程，到我們家來找我哥，我真不知道這個女人到底在想什麼。

如果妳真的愛上了別人，就應該立刻離開，別傷害無辜的人。

「妳來做什麼？」我不客氣地問道。

「文文妳怎麼了？怎麼這種語氣？」淑惠覺得奇怪。

一個玩弄別人感情的爛女人，還需要給她怎樣的好臉色？

「妳不習慣這種語氣嗎？做出這種事，我就不需要對妳客氣！如果在以前的年代，妳這樣會被浸豬籠的，如果用成語來形容妳，就叫作不知廉恥，人盡可夫！」

「妳憑什麼這樣說我！再怎麼說，我也是妳哥的女朋友啊，說不定我還可能是妳未來的大嫂呢！妳這樣跟我說話是不是太沒禮貌了啊？」

淑惠生氣地大聲說道。她故意說得很大聲，其實是要讓在樓上的哥哥聽見，我當然知道她的技倆，因為我已經不能低估她了，她是個我不得不承認的狠角色。

「未來大嫂？我們尤家容不下妳這個蕩婦！賤女人！」

「世宏！世宏！妳妹妹這樣跟我說話！」淑惠一看見我哥哥出現，馬上轉移目標，對著哥哥哭喊著說我對她的種種不尊敬。

「請妳不要鬧了。」哥哥冷靜地對淑惠說著。

我看著哥哥，他的眼角似乎還有淚水。我心中不禁擔心哥哥會因一時心軟原諒了眼前的這個女人。

「昨天妳答應我什麼？」哥哥問淑惠，他們之間似乎有著我不知道的秘密。

「我答應你的事我都做到了。」淑惠臉不紅氣不喘地說著。

「是嗎？難道剛才我和我妹都看錯了？」

淑惠的臉色頓時變得難看。她上前拉著哥哥，哭著說：「我就是去跟他分手的呀！我已經跟他說清楚了，我不會再和他聯絡了。」

「是嗎？妳還要騙我多久？我已經抓到很多次了，只是我都不說，妳知道嗎？我一再地原諒妳、容忍妳，沒想到妳卻得寸進尺。」哥哥氣得轉過身去，不想再面對淑惠。

「好！既然你都知道了，我也不想再隱瞞你了！我的確有了新的男朋友，而且在你當兵時就有了。我只是想等你當兵回來再跟你說，不想讓你受到傷害，可是你當兵回來還沒有工作，我怕會影響你的心情，所以一直都沒有告訴你。」

「那妳爲什麼還可以和我發生關係？如果妳的心已經不在我身上，爲什麼妳的身體卻可以這樣任由別人擺佈。」

哥哥一直都認爲性關係應該是美好的，也應該是相愛的兩個人才會發生，這至少是對愛情的一種尊重。

「世宏，這不過是幾次性關係而已！我男朋友不會介意的，我們兩人的事情他也都知道，我跟他的確是比較適合。」

眞的，這樣的兩個人的確是很適合。他們給彼此的空間大過一般人，也只有同樣頻的人，才能享用多人共同的性趣。

「傷害一個人可以成就妳的眞愛，但是妳有想過受傷的感受嗎？爲了追求眞愛，不管別人的傷有多深？痛有多深？當妳在歡笑時，不要忘記，那是別人用悲傷眼淚換來的。」

旋轉木馬上的女孩，她的秀髮會永遠飄逸？美麗會永遠持續嗎？

愛情停看聽

『兵變』對於很多男生來說是一生都無法忘記的傷痛，在他們保衛國家的同時，他們的愛人卻愛上了別人。那樣的焦急心情，是常人所無法體會的，有的人甚至還因爲要挽回感情，放手一搏逃兵去也。沒想到到情人面前時，女朋友躺在另一個男人的懷裡，逃兵一切都不値得了。

有的人更絕，乾脆腳踏兩條船，一方面安撫軍心，一方面擺平平民百姓，這樣的情操眞是勞心又勞力。關於劈腿的人，我不禁要感到佩服，他們要花比別人多一份心思去安撫兩個人，這樣的愛情是辛苦的。被愛的人會快樂嗎？如果你知道你是被劈腿的其中一個…。

愛在天空裡掉淚

她要結婚的前一天，我接到她的結婚喜帖，那對我來說簡直是晴天霹靂的消息。

我恨不得能從那個男人手中奪回我的眞愛。老天爲何對我這麼不公平？和她交往這麼久，付出這麼多，爲何最後得到她的人卻不是我？

男人的佔有慾往往在出現競爭者或是即將失去眞愛時，才會被激發。相愛到最後卻無法相守，換來的是深深的不甘心與捨不得放手。愛情常以不同的面貌出現，讓沉醉在愛情中的情人們看不見愛情的長相。

「光宇，你在嗎？」答錄機傳出的聲音讓正在憂愁的我有了一線曙光。這個聲音我再熟悉不過了，她是我日夜朝思暮想的人。

可是，明天她即將成爲別人的新娘。這就是令我痛苦的原因。

「我在！我在！」第一時間迅速拿起了電話，因爲我深怕會失去和她聯絡的管道。只要有小雪在的地方，我都想沉醉。

「光宇！」一陣傷心的啜泣刺痛了我的心。我的小雪哭泣了。

「怎麼了？爲什麼在哭？」我心疼地說道。我眞想立刻飛奔到她的身邊，安慰傷心失落的她。

「你知道嗎？我明天要結婚了！」小雪緩緩地吐出這幾個字，我的心如刀割。這個殘酷的消息我怎麼會不知道呢？我心愛的女人要嫁給另一個男人，我怎麼能甘心，怎麼能不痛心呢？老實說，我的痛比小雪痛上幾千幾萬倍。

「我知道！妳……要當新娘子了。妳應該要高興的，不是嗎？」我言不由衷地說著。其實，我多麼希望要娶小雪的那名男子，現在就在地球上消失。

「高興？我怎麼可能高興得起來？我的心還留在你身上，你要我帶著一顆愛你的心去嫁給那個人？你知道我有多痛苦嗎？我好愛你！」小雪傷心地哭訴著。

「好！那我們逃走吧！逃到一個沒有人認識我們的地方，這樣我們就可以永遠在一起了！」這是我現在可以想到的方法，也是唯一阻止這場婚禮進行的方法。

「不行這樣！如果我逃婚了，那我的父母怎麼辦？」小雪說得對，我忽略了她父母親的感受，當初就是小雪的孝順及善解人意深深吸引了我。

「那怎麼辦呢？」

「光宇，我想見你！」

聽到小雪這樣的要求，我根本沒有拒絕的理由。很快地，我們約好了見面的地點，在一家汽車旅館裡。

我們相擁、相泣，訴說著萬般的不捨與無奈。

「光宇，你要記得我今天爲你所做的一切，一定要記得。明天，我將成爲別人的新娘，可是我要你記住我的味道，我的一切！」說完，小雪主動靠近我，親吻我，我們瘋狂眞切地相擁，她緊緊抱住我不肯放。

我一次又一次狂烈的進入，她搖擺著纖細的蠻腰，嬌媚地配合著我。我的動作越大，她反應越是激烈狂野。在一次又一次的歡沁交合中，恣意狂放著我們心底的野獸。

我可以明確地感受到小雪是如此的需要我。

「小雪，我會等妳的。只要妳需要我，我都會在。」

「光宇，我答應你，我會想辦法盡快跟他離婚。」小雪溫柔地撫摸著我的臉，慰藉著我的靈魂。

「而且，我保證，爲了你，我會守身如玉。」聽到這裡，不由得讓我感動小雪爲我所做的一切。

「小雪，眞的謝謝妳。」

「明天，我即將成爲一個沒有靈魂的人；我將我的靈魂交給你保管，請你好好珍惜，等我回來，將我們的靈魂相連。」小雪抱著我說。

我除了感動還能再說些什麼安慰她的話呢？

「有一件事，我想拜託你。」

「妳說！只要我做得到，我一定答應妳！」

「婚禮後，我會和那個人去渡蜜月，你知道，我身邊本來就沒有多餘的錢，而我又不想和他同房，所以可能需要自費去訂一間房間，你可以借我錢嗎？」小雪哀怨地說。

「妳根本不需要跟我借，我的錢不就是妳的錢嗎？在我心裡，我認爲妳就是我的老婆，妳的一切我都會無怨無悔的承擔。更何況妳這麼做是爲了我好，我心疼都來不及了，只是要委屈妳一陣子。沒有我在妳身邊的日子，妳要好好照顧自己。」我知道小雪這麼做都是爲了我，所以我的付出和她比起來眞的是微不足道。

「等一下我去領十萬給妳。」

「不用那麼多啦！」

「沒關係！其他的妳留著，不夠再跟我說。今天分開之後，我們要好幾天才能見面，妳一定要好好照顧自己，聽到了嗎？」

「我知道，我會的。一有機會我就會打電話給你，你也要爲了我，好好照顧自己，不要讓我擔心。」小雪說。

從那天分手之後，小雪就沒再打電話給我。一直到我估算她大概回國的時間，我主動打了電話給她。幸運的，接電話的是她本人。我多麼渴望可以聽見她的聲音。

「小雪，是我！」

「光宇，對不起，我現在不方便說話，等一下我打給你。」小雪說完匆匆掛上了電話，我猜想那個男的一定在她旁邊。

因爲擔心被發現，所以我也沒有再打。接下來的一整天，我一直在等小雪回電給我，可是始終都沒有音訊。一直到我幾乎要放棄希望的同時，凌晨兩點多，我終於接到了小雪的電話。

「光宇，我是小雪，你還沒睡吧？對不起，那麼晚才回電話……」小雪的聲音越來越小，仔細一聽，她似乎在哭泣。

「沒關係！沒關係！妳怎麼了？我聽妳的聲音好像怪怪的，是不是發生了什麼事？他是不是欺負妳了？」聽到小雪這樣的聲音，不由得讓我胡思亂想了起來，我的心肝寶貝可是不准任何人動她一根寒毛的。

「今天你打電話來的時候，他剛好在我旁邊；他看我講話的神情怪怪的，因此懷疑我，後來更生氣地打了我……」小雪越說越難過，我的心宛如刀割，我恨透了那個人。

「小雪，妳別哭，我替妳出氣！」

「不要不要！我只是要告訴你，短時間之內可能沒辦法跟你碰面，不過我會打電話給你的。明天，我可能要去看醫生了，因為我的鼻子腫起來，手也好像脫臼了……」

「王八蛋！真是畜生，怎麼可以動手打人！鼻子都腫起來了，可見他出手多重！」

「我也不知道，他生氣的時候就是這樣，他已經不是第一次打我了。」

「什麼？才新婚沒多久他就打妳？太過份了……妳一定要去看醫生喔！」我再三叮嚀著小雪。

「我知道了！可是我……」

「沒錢了是嗎？沒關係！我明天一大早就匯過去給妳，妳不要擔心錢的事！有困難時我都會在，妳放心！」這是身爲一個男人的責任，不是嗎？

「光宇，眞的謝謝你……先不講了，他好像起床上廁所，我要掛電話了，BYE」

深愛小雪的我不能在她身邊保護她，不能在她身邊給她安慰，我除了恨自己外，更恨爲她做主訂下這門親事的小雪父母親。他們只愛錢，爲了錢，不惜出賣小雪的靈魂。

我無法苟同金錢換來的愛情或婚姻，我非常不屑！

過了一個月，我始終沒有和小雪見上一面，只能偶爾在深夜打電話聊天，以慰藉我失落傷心的靈魂。

我們談話的時間越來越短暫，我擔心她的安危，也想念她身上獨有的香味。想念的慾望一觸即發，於是，我決定要去小雪的住處等她。我想，這是我可以見她一面的唯一方法，哪怕只是短暫的一眼，我也心甘情願。

我問了朋友小晴有關小雪居住的地址後，小晴的態度居然感到詫異。我當然可以體會她會有這樣的反應，所以我並沒有多做解釋。

「光宇，我勸你不要去找小雪，這樣會爲她帶來麻煩的。你們都分手了，她現在有了新的生活，不要再去打擾人家了，眞的。」

小晴不認同我這樣的做法，那是因爲她根本不知道我跟小雪其實沒有分手，我們只是將感情轉爲地下發展。

「我有分寸的。」

「光宇，你是不是有什麼事瞞著我？」小晴繼續追問。

「沒有哇！我只是想見小雪一面，據我所知，她過得並不好……」

我試著透露點訊息給不知情的小晴知道，好讓她別以爲我是個死纏爛打的怪男人。

「不好？不會吧！她每天都穿得光鮮亮麗的出門逛街，根本是個富家少奶奶，這樣的生活還說不好，那有誰過得比她好？」

「小晴，有些事妳不了解的……」

「我怎麼可能不了解，她嫁的人是我哥耶！我哥對她好極了，要花多少錢我們家連氣都不敢吭一聲。你知道嗎？光她上個月買珠寶的錢就花掉了三百萬，我哥夠疼她的了，一句話都沒說……」小晴有些不悅地說著，從她臉上可以看出她對小雪並不滿意。

「什麼？妳說她結婚的對象是妳哥？」

聽到這個答案讓我感到十分震驚。

小晴不好意思的說：「對啦！當初小雪說她要和你分手，因爲她已經愛上了我哥，而且也論及婚嫁了；她說身爲好朋友不應該讓你知道眞相，要保護你，所以我們都沒說出眞相。」

「那麼，小雪的父母根本沒有逼她結婚？那是她自己選擇的？」我遲疑地問著這個可能傷我的答案。

「嗯！這是她自己選擇的，而且她說是和你分手後才和我哥談婚事……」小晴說。

「你們相信嗎？」

我幾乎要掉下淚來，我的心竟然被傷得那麼重，那麼深。我萬萬沒想到心愛的小雪會這樣傷害我。

既然不愛我，爲何在結婚前一夜還要和我發生關係？

我告訴小晴所有實情，小晴聽了覺得非常不可思議，她也沒想到小雪是這樣的人。

小晴帶我回到他們家。我看見了自己日夜思念，自以爲她也和我一樣苦戀著的小雪，她穿著時尚，儼然不是我當初所認識的她。

看見我時，她臉上驚訝的表情是我可以預見的。

「光宇……」

或許小雪沒有錯，每一個人都在追求更好的生活。我的寬容和愚癡，我想才是給對方有可以欺負我、傷害我的機會。

愛情停看聽

有一次上節目時，藝人康康問了我一個問題，他說：「到底要如何才能發現另一半有劈腿的跡象？」其實，當一個人有心要欺騙你的感情時，我們深陷感情中的人是很難用理智去判斷的。愛一個人我們往往希望信任對方，但是玩弄別人感情的人，抓住這個死穴，他就可以輕易的掌握你。難道就沒有其他的辦法了嗎？當然有！當局者迷，旁觀者清，如果你有一兩個好朋友，他們是可以成爲你感情上的軍師的，身邊有朋友眞的很重要，萬一發現感情受傷時，有朋友在身邊，總比一個人獨自承受來得好。所以那些重色輕友的人要小心囉！萬一哪一天失戀了，朋友都跑光了，看誰來安慰你。

晴天娃娃下雨天

我眞的很愛他。因爲很愛他，我希望自己的世界裡無時無刻都有他，而他的世界裡也充滿了我的一切。

他最近很奇怪，老是抱怨我一天要他打這麼多次電話報平安。對於他這種粗線條的人，我要他每隔幾小時就打電話給我，是認爲這是最好也最親近的溝通方法。雖然我不在他身邊，但是我可以透過電話了解他現在此時此刻正在做什麼，這樣我也可以深入他的生活，我眞的覺得這是深入了解彼此的最好方法。因此，對於這樣的生活與相處方式我十分堅持。雖然我常常因爲等不到電話而生氣擔心，但是只要能聽到他的聲音，我的心裡就充滿了滿足。

「你怎麼又忘了打電話？不是說好每三個小時要記得打電話告訴我你在做什麼嗎？讓我分享你的生活、你的感受。」他的健忘每次都會讓我生氣。

「對不起！對不起！我忙到忘了時間，連中餐都還沒吃呢！」耀宗趕緊對著已經生氣的我解釋，雖然我每次都會原諒他，但總免不了唸他個幾句。

「你一定是心裡沒有我，不然怎麼可能會忘記？」

「對不起！我眞的是很忙，我沒有忘記妳，妳時時刻刻都在我心裡。」

「在你心裡？如果我在你心裡，你怎麼可能會忘記？」我知道自己很盧，但我就是這樣表達我對耀宗的愛意。

我想他是喜歡我這樣管他的方式。

「我想要妳管我，因爲我以前的女朋友都不會管我，我想，越在乎才會管得越多。」這句話是耀宗剛追我的時候所講的話。

我當時還警告他說：「不可以哪一天嫌我煩喔！」

我願意將我們這種妻管嚴或夫管嚴看成一種在乎的表達方式。

但是現在耀宗好像有些厭煩了這樣的方式，他開始抱怨我這樣緊迫盯人讓他喘不過氣來。當初愛上的優點，今日卻成爲了愛情前進的阻礙。愛情有時眞是矛盾，讓人來不及摸清方向，隨即又立刻轉向。

「紛紛，可不可以不要每三個小時就報備一次？我只要一有空檔就會主動找妳，好嗎？因爲有時我眞的很忙，沒辦法工作時一直講電話，這樣老闆也會覺得我上班不專心。」

耀宗終於開口向我要求。雖然我有千萬個不願意，但是又不希望他因此影響到工作，所以我妥協了。

「但是，萬一我想你時，可以打給你嗎？」我想耀宗真的很忙，沒有時間打給我，那我也可以主動打給他呀！

「好！妳想打就打吧！」

接下來的新契約日子，我過得十分愉快。不管我在逛街或是看電影，即便是有時候過馬路發生了一點點的小插曲，我都會趕緊拿起電話SNG實況轉播給耀宗參與，讓他融入我的生活，讓他知道每一天我經歷了什麼樣的事件。

但是，過沒多久，耀宗又開始抱怨了。

「紛紛，我比較忙，沒辦法打給妳；我允許妳可以打，但是妳也沒有必要一直打給我啊，大約每隔半小時我就會接到妳的電話，不管是妳在逛街或是過馬路，甚至是上廁所，我想妳不用什麼事都要讓我知道。」耀宗有些不耐煩地說著。

「我想和你一起分享我的生活嘛！我又沒有惡意。」紛紛嘟著嘴說。

耀宗知道我這是愛他才有的表現，可是他就是不想接受。

「妳知道嗎？妳這樣打電話比我打給妳還要慘，原本每三個小時報備一次，現在妳卻時時盯著我，我要花時間跟妳講電話，辦公室的同事都已經受不了了。」耀宗臉上的表情極盡扭曲，感覺很痛苦的樣子。

「那是他們嫉妒你有一個這麼黏你的女朋友啊！」

「紛紛，很多事過與不及都是不好的，可不可以不要這樣？如果妳想我，可以等我下班再跟我說好嗎？到時候我們可以好好講話，不會被干擾中斷，這樣不是更好嗎？」

耀宗試著想說服我。我當然知道他的意思，當然也不得不同意了。

我找了一個很懂星座的學姊，請她告訴我一些可以保留愛情新鮮的小魔法。她告訴我說，只要我在晴空萬里的好天氣製作一個晴天娃娃，將它掛在窗戶外，這樣不僅可以讓天氣天天晴朗，還可以讓自己的愛情永保新鮮，讓陽光充滿我們的愛情。

我覺得這個方法很有效，所以過沒多久，我馬上就做好了一個潔白的晴天娃娃。

我將它掛在房間窗戶外，希望它能保佑我的愛情，保佑我的情人。

晚上見面時，耀宗的神情有些不對勁。我知道他應該是在生氣，氣我剛才不讓他和同事一起去聚餐。

「還在生氣呀？聚餐又沒什麼好玩的，和我在一起不是比較重要嗎？難道你不想和我在一起？同事會比我重要嗎？」

「紛紛，我可不可以拜託妳給我一點私人的空間？我是男人，偶爾需要跟朋友、同事去喝喝小酒，我們又不是去做什麼壞事，爲什麼妳總是要阻止我？現在同事都不敢約我了，我還有沒有自己的生活呀？」耀宗生氣地說。

聽他這麼一說，我也生氣了。我爲他做了這麼多的改變；他要我讓步，我已經讓步了，現在他又說我給他的空間不夠，眞搞不懂男人到底要的是什麼?!

「你別得寸進尺喔！我給你的空間已經夠大了，而且你現在有女朋友，本來就不應該跟別人出去鬼混。」

「我們不是鬼混，我只是想要自己的生活空間，做我想做的事。」耀宗憤怒地說。

「你有了我還不滿足？如果有想做的事，我可以一起陪你呀！」紛紛說。

「夠了！我不要！我不要我的生活都在妳的掌控之中，我想過我自己的生活。」

「你這是什麼意思？」耀宗說的話好像有分手的含義。

「我要分手，我覺得我們並不適合，妳應該去找一個喜歡被妳管的人，但那個人不是我。」耀宗冷靜下來了，他靜靜地說著。

「當初你愛我的時候，不就是喜歡我管你嗎？」

「對！但是我現在受不了了，我受不了妳管東管西的，我受不了了。」耀宗終於說出了他內心的真實感受。但是，最感到無法接受的是我。

「我不能失去你，你不可以跟我分手！我那麼愛你，你不可以跟我分手　你要是真的跟我分手，我就……我就……死給你看……」我跑到窗戶邊，將窗戶打開，作勢要一躍而下。耀宗嚇得不知如何是好，他趕緊將我抱下　。

「好好好！不分手不分手！妳千萬不要做傻事，萬一真的出事了該怎麼辦？」

我像是抓住了王牌似的，原來耀宗還是在乎我的。

自從上次發生那件跳樓事件之後，耀宗開始對我百依百順。我說什麼他都配合，如果他不乖，我就會說：「你那麼不在乎我，那我死掉算了！」只要他聽到這句話，他的神經就像是被雷擊中般緊張，擔心我有任何差池。

後來我們見面的次數變少了，但還是一如往常般通電話，他的行蹤我都能完全掌握。晴天娃娃的魔法果然靈驗了！

「耀宗，我們已經好久沒見面了，都快兩個禮拜了，你到底在忙什麼？」我不耐煩地說著。我心裡早已想好了對策，無論他有多忙，我今天就是要見到他。

「紛紛，我這陣子眞的很忙，可能還要再忙上好一陣子，所以我沒時間跟妳見面。」耀宗十分果決地說，絲毫不給我一點機會與希望。

「我不管，我就是要見你，而且我今天一定要見到你，你聽到沒有！」我用命令式的口氣對他說著，我不相信他敢不聽。

「我眞的很忙，妳別再無理取鬧了！」說完，耀宗隨即掛上了電話。他眞是太過份了，認識他那麼久了，這是他第一次掛我電話。

我眞的是氣極了！

「太過份了！」原本想要再打電話去嚇嚇他，沒想到他的手機關機了，擺明了就是不接我的電話。

沒關係！我直接殺到公司去，你給我難看，我也顧不了你的面子。

我搭計程車到了耀宗的辦公室樓下。我又試著跟他聯絡，心想再給他一次機會。可惜，手機還是沒開，那就不要怪我心狠手辣了。

一進耀宗的公司，我氣沖沖地直闖他的辦公室。

「林耀宗！」

他看見我來辦公室，臉上沒有太多的驚訝，好像是早知道我會這麼做似的。他的辦公室裡除了秘書在之外，還有一位妙齡女子。她看我的眼神像是要把我殺了一樣，眼神銳利，充滿恨意。

「妳來做什麼？」耀宗冷冷地看了我一眼，沒給我好臉色看。

「她是誰？」我指著坐在沙發上的那個女人問道。

「我女朋友，來等我下班的。」

「你在說什麼？我才是你女朋友耶！我問你，這個賤人到底是誰？」我氣憤地上前抓住耀宗的領子，結果他卻一把將我推開。

「我已經沒辦法和妳在一起了！請妳放手！我要的女孩不是妳這種類型的！妳什麼都想掌控，連別人的思想妳也要干涉，眞的太可怕了！到最後妳會連自己都無法掌控，因爲妳在我眼中，就像個瘋女人般神經、不正常……」耀宗對我嗤之以鼻地說著。

「你……你敢離開我，我就死給你看……」這是我最後一步棋了。

「請便！我會幫妳報警叫救護車的。」

佔有慾強的人老是想控制所有，用生命威脅愛情；最後愛情妥協了，卻挽不回情人的心。自我傷害只會加速對方逃離的速度；越想抓住愛情，愛情飛奔的速度越快。能讓愛情停留眷戀的地方，才是愛情常溫的保存環境。如果有人問愛情的賞味期有多久？就要看你這個愛情烹調師如何抓住情人的心。

愛情停看聽

感情中缺乏安全感的人越想要掌握對方，連行爲思想她都不想放過，這樣的人認爲掌握不了對方，就好像打仗不會成功一樣，她一定要掌握成功，以爲掌握了對方就掌握了愛情成功的不敗法門。

無理取鬧的行爲卻硬要解釋成合理化愛的方式，就算再怎樣愛一個人，我們都不可能時時刻刻腦中只有對方，那這樣就不用思考了，工作也不用做了。太愛一個人，有時要求兩個人膩在一起，不給彼此空間的愛情，有時會讓兩人之間的感情窒息，用死作威脅想保有原來的感情，這是最笨的方法，或許一、二次有效，但是當對方連你的死活都不管時，找不到臺階下的你，失去愛情，也失去自己的尊嚴。

貪戀之LIKE

愛情出軌的遊戲，爭奪的不是真愛；無關道德與不道德，無關愛與不愛，結果只有輸贏勝負。快樂沒有一定的程式，要的只是過程的精采與否。

貪戀之LIKE

愛情出軌的遊戲，爭奪的不是真愛；無關道德與不道德，無關愛與不愛，結果只有輸贏勝負。快樂沒有一定的程式，要的只是過程的精采與否。

愛情磁浮車

我喜歡磁浮列車的超級快感，那會讓我感到興奮。我喜歡一切快速的東西，當然包括愛情。愛情若是停留太久，反而會讓我窒礙難行，所以我不喜歡太黏我的男人。我喜歡短暫的愛情，因爲這樣的愛情來不及回味，它就已經結束了。

我不要愛情因爲厭煩或是失去新鮮感而分開，這樣的愛情太傷人。

尤其在現在的年代，愛情不需要太認眞，重要的是，玩的時候要盡興，這才重要。

我喜歡磁浮列車，更喜歡漂浮在空中的感情。雖然虛幻不眞實，雖然沒有結果、沒有未來，但我就是喜歡這樣的感覺。

老實說，我喜歡從身邊女朋友的男友下手。有些男人經不起誘惑，我是在幫這些女朋友剷除這些變心的傢伙。雖然剛開始她們會恨我，但是我相信，有一天她們會慶幸我將她們的男友搶走，因爲如此一來，她們才會知道自己的男友是如此地經不起誘惑。

她們會感謝我搶走她們的男人的。定力不強的男人，其實就跟我一樣，喜歡多采多姿的生活，當然也喜歡變化多端的性伴侶。

雖然身邊的朋友越來越少，但是也有不少朋友在認識新男友的時候，會帶來給我先「鑑定」一番。有些男人眞的很讚，不管妳怎麼誘惑他，他就是不爲所動。有時我也會十分羨慕我的朋友能擁有這樣眞心的男友。

但好運終究不會發生在我身上，要讓我遇到這麼棒的男人，我想這比登天還難吧！

「傅明瑩，妳又搶了我的男友！爲什麼妳老是喜歡搶我的男朋友？我交一個，妳就搶一個！妳爲什麼要這樣呢？」作蓉哭著跑到我家來。

她不聽我解釋，我怎麼跟她說她都不接受。

「妳要認清事實，這些男孩子都不適合妳。他們只想和妳上床，上了床他們還是可以去和別人亂搞，他們的心思根本不在妳身上。」我試著向作蓉解釋，請她看清楚她那些男朋友的眞實面貌。

「不會的！如果不是妳勾引他，他又怎麼會離開我？」作蓉還不死心。

「我不勾引他，有一天也會有別的女人來勾引他的。隨便一個女人就可以把妳男朋友騙走，妳眞的覺得他愛妳嗎？妳醒醒吧！」雖然我的方法不見得好，但是我說的都是事實。

如果一個男人對妳夠眞心，就算是名模林志玲出現在妳男朋友面前，他也會不爲所動的。

「他是愛我的，我們之間就是出現妳這種賤女人，專門搶別人的男朋友，所以大家都傷透了心，難道妳不怕會有報應嗎？」

我知道作蓉很傷心，但是愛情的眞面目看太多了，通常都只看到醜陋的那一面。雖然愛情也有美好的一面，但那畢竟是短暫的，如曇花一現般稍縱即逝。

「妳把妳的自信與魅力建立在別人的愛情上，愛情對妳來說到底算什麼？」作蓉哭得泣不成聲。我知道她的想法，這和很多女生的心理都相同。

一旦得知男友變心，當然都是痛不欲生。但是女人卻都忘記了，眞正該譴責的是男人的不專情。

「愛情對我來說只是個遊戲，我玩遊戲，遊戲玩我，遊戲沒有認眞的時候，結局輸了我認，贏了也只是短暫的快樂。我不相信愛情，因爲我們根本無法掌握愛情。當愛情想走時，誰都無法留住它。」

我說的沒有錯，作蓉不接受是因爲她對愛情有太多的期待，接受不了現實的殘酷。作蓉離開之後，我並沒有難過。我的日子還是照樣要過，她的日子也是如此。人的生活不會只有愛情，也不會只被愛情塡滿。

搶別人的男友可以證明自己的魅力，這點我承認，當男人的目光都集中在我身上時，我是興奮的，是驕傲的。

我不知道眞愛在哪裡，也不想知道世上是否有眞愛。

「小姐，我可以坐妳旁邊嗎？」

這是個老套的搭訕招數。我根本不費吹灰之力，就可以將這名男子手到擒來。

「坐呀！」

「妳一個人嗎？」

我抬頭看著他。他長得十分英俊，身材也很標準，老實說，他眞的是個帥哥。

「想上床是嗎？走吧！地點你挑！」

我起身拉他，他驚訝地看著我，沒說什麼，還是跟著我走。

走出了pub門口之後，我緊握著他的手，靜靜等待他的決定。當我等待時，突然感到一陣心酸。如果我也有一個固定的男朋友，我會習慣這樣的感覺嗎？我想，我早已遺忘了那樣的感覺。

在我初戀時，我眞的相信愛情的美好，但是當愛人離開我的時候，我眞的痛苦得想要死掉。

我曾經自殺過，但是男友出現在醫院時，卻責罵我用這種方式想得到他。他不知道我是因爲無法承受失去他的痛苦而自殺，絕不是像他所說的用手段逼他回頭。自從那一次感情受傷之後，我才知道愛情其實並不美好。

眼前這個男子，他眞的很像我的初戀，可是我對他沒有感覺，因爲他只不過是我今晚的慰藉。晚上的一夜情是彼此尋找感情暫時棲身之所，不值得留戀，不值得回味。

「去哪？」他終於開口說。

「都可以！」我很快地回答他。

只要能玩，哪裡不都一樣嗎？只要盡興，對象是誰又有什麼重要?!

「到我家！」

我和他一到家就如野獸般地撕去對方的衣物，撲倒在對方赤裸的身上。他就像是一頭兇猛的獅子，不肯放過我身上的任何一吋肌膚，狂烈地吸允著，手也不停地游走在我的股溝與雙峰之間。

我的反應奇大，這樣的快感我十分狂愛。

「吻我！」我渴望地表現出我的慾望。

「對不起，我不吻我不愛的人…。」他的下半身不斷地想挺進，但是當我聽到這句話時卻感到十分受傷。難道是我沒有魅力？無法讓你吻我？

「吻我！」我命令地說著。

「對不起，我做不到！」

「假裝你愛我！吻我……」我緊圈著他的頸項不肯放。我要他投降，在我的面前投降，為我的容顏。

最後，他用力地甩開了我。

「告訴妳，男人是不能勉強的。我願意跟妳做愛，並不代表我愛妳。可以和妳親吻的男人，也不見得是真心愛妳的。」

那一天，我們並不愉快。我沒有擄獲這個男人的心。他說他在等待，等一個可以讓他傾心的女人。

我的好勝心告訴我，我想成為那一個戰勝他的女人。

我想得到他的吻。

從那時候開始，我對他耐心地猛獻殷勤，雖然他並不是都接受，但是我可以感覺得出來他對我有好感。

愛情的磁浮列車在此時開始動搖。列車想要著地而行，畢竟懸浮在空中的愛是疲倦的。若可以讓列車有軌道可以行走，或許磁浮列車不會再漂浮不定。

於是，我開始有了這樣的幻想：若是我能定下來，也許是一件不錯的美事。

「你愛我嗎？」有一天，我突然想問他這一句話。雖然我不見得會得到我想要的答案，但我還是想問。

「妳不是說不要問這個問題嗎？」

「我想知道……」

「我不知道愛是什麼！我只知道自己有眞心的付出！」他認眞地說著。突然間，我才發現這是比『我愛妳』更讓人感動的話語。

我想因爲這句話，我又更加地深陷其中。爲了他，我願意改掉以前的壞習慣，不再隨意放電，不再勾引別人的男友。我的心都圍繞在他身上。

有一天，我告訴他：「我愛上你了。」

他笑笑地告訴我：「那麼，我可以給妳我的吻。」

我開心地仰起我的頸，等待他的吻。

他低下頭去，將他的唇覆上我的唇，這一刻我是幸福的。

「妳可以分辨出這個吻的眞實性嗎？」

「嗯！」我躺在他的懷裡，甜甜地說道。

「給了妳我的吻、得到妳的心之後，作蓉交代我的任務已經完成，可以去領錢了。對不起！妳的眞心我承受不起。」

愛情的磁浮列車出了軌著不了地，只有墜毀。

愛情停看聽

有的人以爲自己非常有魅力，可以成爲愛情的救世主，幫助別人測驗男女朋友的眞心指數，這樣的人太自大也太雞婆了。我常聽朋友說身邊有一些劈腿的慣犯，他們總是喜歡找已經有男女朋友的人下手，若是能橫刀奪愛就相對證明了你的魅力，因此他們不斷地破壞別人的愛情來成就自我的價值觀。

當然，相信劈腿也是有好處的，當你的愛人眞的爛到不行的時候，難道你要守在他身邊，以爲他會爲你而改變？浪費你的青春時光，爲的是拯救一個人？如果他眞的無藥可救，絕不會因爲你的出現他就有了改變。

劈腿的勇氣有時或許可以讓你找到眞愛，有人會說，男未婚，女未嫁，我們都有追求眞愛的權利，如果你眞的認爲劈腿沒有錯，那麼你要劈腿之前就應該告訴交往的對象，說明現在和你交往的還有其他人，如果對方聽了，他也接受了，我想你再進行下去，對對方和你自己都是比較公平的。

裸身蝴蝶

那個女人玩過了頭。我不知道社會上爲什麼會出現這麼多想勾引別人老公的女人，我搞不清她們要的到底是什麼？是地位？是名份？還是金錢？這個問題我沒有答案。有資格回答這個問題的人不是我，而是那些處心積慮想贏得別人老公的女人。

我的老公對我不忠已經很多年了。身爲他的糟糠妻，我睜一隻眼、閉一隻眼，不過問他在外面的一切。只要他不把女人帶回家，要在外面怎麼玩，那是他的事。社會上或許有許多像我一樣的家庭，表面上看起來和樂幸福，但其實都只是假象，夫妻的情份早已名存實亡。爲了不讓我的兒子有不良影響，我和先生盡量在他面前表現得恩愛親密，但是一回到房裡，我們就一句話也不交談。

曾經，我也想挽救我的婚姻，但是當我知道先生不斷地在外面嚐鮮摘野花，始終不肯回頭，我想女人死心時，一切就很難再挽救。我將所有的心思放在教育小孩身上，我希望他人格健全，擁有健康的家庭觀念、倫理觀念，我想把最好的都給他。我不能依靠他的父親，我希望未來他可以爲我這個付出的母親多想一些。

我的小孩很爭氣，功課很好，也十分獨立，從不需要我擔心。我想，在丈夫那裡得不到安慰，但至少兒子是我的驕傲。

花心是會遺傳的，至少我是這麼相信。我公公年輕時就像我先生一樣，常常不回家，只是公公和外子唯一不同的地方在於他從不給我婆婆面子，要帶女人回家就帶女人回家，從不把我婆婆當成他的妻子。他的花心也未因爲年紀增長而有所收斂，婆婆甚至更因爲受不了這樣的精神虐待最後自殺身亡。

原本以爲婆婆的自殺會讓公公有所省思，但是沒想到婆婆的犧牲只解脫了她自己。我不想步上婆婆的後塵。先生雖然花心不負責任，但我還是要求他要做好表面功夫，扮演好父親的角色，現在，我終於可以明白爲何婆婆活著比死了還痛苦的原因。

先生的每段外遇我都瞭若指掌，每次都是短短的半年左右就結束。他受不了和同一個女人一起生活，因此他必須不斷地換女朋友。但這次他卻很反常，據我所知，現在這個隨時陪在他身邊的女朋友，和他在一起已經快一年了，這對他來說是很反常的行爲。

另一方面，我也擔心先生動了眞情。我不甘心，我不甘心他居然可以對別的女人這樣溫柔，而對於善良持家的我卻不聞不問，甚至連一點關心也不願意施捨。

我當然不願意將現在所有的成就無端端地送給這個女人，包括先生現在的事業版圖。要是我和他離了婚，我將會一無所有，我辛苦的一切就都白費了；那個女人也會因爲我的投降而享受原本應屬於我的榮華富貴。我不會拱手讓給那個破壞我婚姻的女人，雖然我的婚姻原本就已經不存在，但我不容許她進入這個家坐享其成。

「你最好檢點一點，萬一被週刊拍到了，可是會很難看的。」我警告先生，雖然他不願意和我說話，可是我還是要說。

「你小心一點，這個女孩不是簡單的人物。她要的到底是什麼，你最好搞清楚，不要讓別人看笑話了。」

先生突然起身對我咆哮：「她是一個好女孩，妳別去傷害人家。」

這是警告嗎？他第一次爲了別的女人警告我。

天啊！我怎麼可以接受這樣的事情。我不知道這個女人到底用了什麼方法抓住我老公的心，我只知道，現在不要臉的女人眞的越來越多了。

「以你現在的身份地位，你要外遇最好小心一點，不要到時候陰溝裡翻船　」我狠話說在前頭，到時候萬一事情爆發了，丟臉的不會是我。

「她不會說出去的。我說過，她是個好女孩，比妳好上千萬倍！」

當男人不再愛妳時，說出的話就如同利刃般傷人。這番話居然被站在門口的兒子聽見了。他生氣地看著他的父親，沒想到他最敬愛的父親居然背叛了母親。這是我想要主導的結果，因爲我已經失去了丈夫，不能連兒子也失去。

「爸！媽說的都是眞的嗎？」兒子冷冷地看著父親。我不想再替他父親做解釋了，該發生的就讓它發生吧！兒子長大了，很多事情他也有知道的權利。

「育昇，爸……是有苦衷的……」

「苦衷？外遇有什麼苦衷？家裡不夠溫暖嗎？要讓你在外面尋求安慰？外面的女人可以給你的，我們給不起嗎？」育昇生氣地說，他對父親的不諒解全寫在臉上。

「育昇，你不懂的，我不想說，有一天你會知道眞相的。」

「我不想知道！我只知道愛一個人就是全心全意去愛，一個人怎麼可以腳踏兩條船？你還有家庭，還沒有離婚，怎麼可以這樣做？難道男人有錢就可以花天酒地？如果眞的是這樣，我寧願我們家很窮……」育昇無法接受父親的行爲。

育昇氣得甩門離開，我追出去時已看不見人影。但我知道，現在我有了育昇當靠山，我必須以元配的身份和那個女人單獨談一談。

第二天，我找了那個女人出來。但是，我眞的很後悔和她見面，因爲感覺受污辱的竟然是我，沒想到現在的女孩子連廉恥之心都沒有。

「請妳不要再破壞我們的家庭了。」

「妳確定那還是個家嗎？妳先生都已經不愛妳了，妳覺得我這樣是破壞人家的家庭嗎？我有破壞嗎？不用等我出現，妳先生早就已經不愛妳了！」她說得篤定，臉上一點害怕驚訝的表情都沒有。我知道這一步棋我下錯了。

「或許是妳巴著他不放，貪圖他財產的人是妳吧！老女人，別忘了，妳沒有本錢跟我鬥，我現在就可以終結妳的人生！」

她說的相當露骨大膽。我不知道她要如何終結我的人生，我只知道眼前這個女人眞是可怕。我相信，當人家有心想破壞妳的婚姻時，她會以跳火山的精神和妳一決死戰。

「妳這個賤女人……」說完，我用力地在她臉上狠狠劃下一巴掌印記。我要她記得這一巴掌的痛。

但是，這一巴掌的痛僅停留在她身上幾分鐘時間，卻在我身上留下了難以磨滅的傷痛。之後幾天，育昇都沒有回家。他打電回來說他住在女朋友家，我連他什麼時候交了女朋友都不知道。我想是因爲自己的婚姻不美滿，而忽略了孩子的感情狀況吧。

「有女朋友就帶回家給媽媽看看吧！」

「認識不是很久，等過陣子再說吧！」育昇是個體貼的小孩，他從未讓我擔心。

我的公公六十多歲了，仍然成天在西門町找尋可以上床的小妹妹，他的惡習無法根治，再說他也是多餘的。

「爸！你不要再去找那些小妹妹了，人家也是別人的女兒，不要這樣糟蹋人家…。」雖然很多援交女都是自願的，但我想這總是不道德的。

「我哪有糟蹋？我給她們零用錢，她們給我摸摸，這樣有什麼不好?!她們還感謝我呢！每天可以換不同的女孩，我開心得不得了……而且最近我和同一個小女孩在一起，她對我眞的很體貼；我沒孫女，準備認她當乾女兒呢！」

「爸！別這樣！這樣多難看啊！」我苦苦相勸，但公公就是不聽。

在這越來越不正常的家，兒子眞是我的最後依歸。但我永遠忘不了那天那一幕。

「育昇，陪媽媽去抓姦，我一定要讓你爸吃到苦頭，這樣他才肯回頭。那女人只是想要你爸的錢，我要當面拆穿她的眞面目。」我已經找好徵信社，知道了先生和那名女子現在的地點位置，我要帶著兒子去看看他父親的眞面目。

「好！媽，我陪妳去，妳別傷心，我會一直在妳身邊。」

「我也跟去看看好了……。」公公竟然說他也要跟去看看，我不知道他要去看熱鬧還是要去抓姦，但是我的心意已決。

我和兒子、公公在徵信社人員的帶領下，到了一家五星級飯店的套房裡。我請徵信社人員將門踢開。眼前出現的畫面雖然我早已有心理準備，但是親眼看見還是很受傷的。先生和那個女子裸身抱在一起，他們驚訝地看著闖進門的衆人。

「啊……你們要幹什麼？」那女子尖叫地說。

「瘋女人，妳在做什麼？」先生突然對著我大罵。我不以爲意，只見育昇瞪大了眼睛看著他的父親。

「爸！她是我的女朋友，你怎麼可以搞上她？」育昇心痛流著眼淚說。

那女孩卻靜靜地看著育昇，沒有太大的驚恐與羞愧。

「兒子呀！那是我昨天剛認的乾女兒，你怎麼可以搞上她？她和我搞過很多次了兒子，你當龜公了……」公公驚訝地說。

說完，育昇不敢置信地看著那個女孩。「為什麼？為什麼你要勾引我爸？還跟我爺爺上床？接著還可以跟我在一起？天啊！妳到底是什麼樣的女人呀？」

育昇不敢相信他認識的女朋友會是這樣的人。我更是不敢相信，這個女人搶走了我生命中三個重要的男人。她毀了我的人生，也毀了這三個男人的尊嚴。

愛情停看聽

這個故事乍看之下好像有點誇張，怎麼可能一個年輕的女人破壞你的家庭，竟可以三代通吃？可是，這卻是一個活生生的眞實故事。

我相信，當有人有心想破壞你的婚姻時，他就會以跳火山的精神和你一決死戰。愛情是需要經營的，而且是需要花費時間與精力的。當有敵人覬覦你的感情，或是嫉妒你的愛情，當然不會有人願意將自己建立起來的愛情拱手讓人，所以，既然愛情是自己的，當然也要靠自己去維持。愛情的長久沒有一定，更沒有道理。愛情不會因為你和這個人已經交往了很多年，感情就不容易變質，記得，愛情的面貌是多變的，它需要用新鮮、用愛心、用耐心去維持，如果你已經盡力，愛情它還是走了，沒關係！這世上還會有另一個人愛你、疼惜你，只要你也夠愛你自己！

只在上床時愛你

男人嘛！不都是用下半身思考的嗎？下半身與大腦是無法連結的，他們各自思考，各取所需。

我和一般正常男人一樣，需要有正常的發洩管道，不過我不會去作傷風敗俗的事情。通常和女人發生關係都是你情我願，強迫的事情我做不來。

我算是個君子，因此我對女人相當尊重，當女人說「不」時，我就認爲她是眞的不願意，我不會勉強。

一夜情是我最常從事的性活動。

老實說，大家各取所需，女人一方面能得到性滿足，我也可以在性上面得到慰藉。

現在的社會越來越多女人喜歡晚上沒事就泡在夜店裡，我知道她們的心理，她們也都在等待男人獻殷勤。

我已經不記得我擁有多少次戰勝的事蹟，不過，我還是害怕一種女人，那就是玩不起的女人。

有些女人你和她上過一次床後，她就對你糾纏不清；這種人不是愛上我的性能力，而是她會以為自己是我的女朋友，開始干涉我的一切行為。天啊！我真的很受不了這樣的女人！

其實，不就是一夜情大家玩一玩，如果玩不起的人，真的別學人家搞一夜情。

通常，我和女人發生關係之後，第二天在夜店裡碰到面，大家頂多打個招呼，不會相互妨礙，這就是一夜情的規矩。如果我想安定，我怎麼可能會去玩一夜情的遊戲呢？

我承認我喜歡遊戲人間，因為不同的女人可以為我帶來不同的觀感與感受。

朋友都說我是劈腿族，這一點我倒是不予置評。我可沒有在感情上劈腿，我只不過在肉體上有出現劈腿的現象罷了。

對於感情我還算保守，我不知道自己是不是會一次只愛一個人，但我想我的愛情應該要和我的性生活一樣多采多姿。如果我愛的女人無法滿足我，我還是會一樣求去的。

雖然夜店是個詭譎多變的地方，不過還是有很多好的女孩會到那裡玩樂，也不是每個去那裡的女孩都抱持著想玩一夜情的遊戲心態。

我認識小迷糊時，她就是一個很好的例子。

那天，她一個人到PUB裡喝酒，我坐在她旁邊的位子。原本想找她聊天，但她卻拒絕了。

「我來這裡是喝酒的，如果你要找我喝酒，我奉陪，但請不要和我搭訕，因爲我是同性戀……」多麼直接的對話方式，她的談話立刻吸引了我的注意。

雖然她是女同志，我不可能對她怎麼樣，不過光聽她談話的口氣，我就知道我可以和她成爲不錯的『哥兒們』。

「好！我就陪妳喝酒。」

我請酒保再送兩手啤酒來。雖然今天我可能沒什麼戰利品，不過可以交到一個朋友也不錯。

在酒過三巡之後，她開始和我聊了起來。

「怎麼？在這把妹？把到了沒？」她嘴角微微上揚。老實說，如果她不是個女同志，我相信她當個正常的女人還滿正的。

「還沒！今晚貨色不佳。」

「哇！還挑呢！今晚女人都跑去男人的身邊窩了。」小迷糊拿起酒杯一飲而盡。

「怎麼了？說話酸溜溜的？」

「因為我的女人她也『變性』跑到男人身邊了！」小迷糊的表情有些憤怒。我看得出來，她今天這樣的喝酒方式肯定是為情所困。

「變性？」我還是有些不懂她說的話。

「我的馬子原本是個同性戀，結果她今天早上告訴我，她開始愛上男人了！你說好不好笑？女同志現在說她要愛男人，她說男人比較好用……哇咧！靠……男人有什麼好用？不就多了個屌！我也有，我有個假的屌，比男人的更大更粗……」聽得出來小迷糊已經喝得差不多了。

「男人還是有不一樣的地方！」

「哪裡？你告訴我哪裡？」小迷糊把酒杯放下來，看著我問道。

「真的比較好用嘛！」我總要替男人多說一點話，否則萬一女人都跑去買假陽具，那麼男人該如何生存？我這個夜店王子該去何處找樂子啊？

「放屁！」小迷糊不屑我的回答。我也不想自討苦吃，所以也就沒再繼續搭話。

之後，我們聊了其他的話題，盡量不要讓她想起她的小馬子，或許她就不會這樣難過了。

我們喝到了凌晨四點多，大家都醉得差不多了。

「帶我到你家去！」小迷糊開口要求說。

「妳沒地方睡喔！我家只有一個床耶！」

「一個床就一個床呀！」小迷糊想搭我的肩，可惜她的個子矮了點，搭不到肩反變成是抓著我的背。

看她醉成那樣，我就好人當到底吧！誰叫我今晚沒有把到妹呢？

其實，這應該算是小迷糊害的，如果她不要一直和我聊天，說不定我還有其他機會。不過，好像一開始是我先搭訕她的……算了！就當作是做善事吧！面對一個女同志，連一點性慾都沒有了，再想到她說她有個假的屌，我的小老弟都不知道縮到哪去了。到了我家之後，我將她抱上床，我想，我今晚大概要睡地板了。

我怎麼會這麼有君子風度呢?!她是女同志　和她睡在一起應該不會有事吧?!

「你幹嘛睡地板啊，過來跟我一起睡！這是你家耶！」

小迷糊提醒了我。對呀！這是我家耶，我在客氣什麼！

「說得也對。」

當我正要躺下時，小迷糊突然冷不防地壓在我身上，她整個人像完全清醒的樣子。

「妳要做什麼？」

突然間我感到有一點害怕。通常被女人壓著我都會興奮，可是這一次我卻感到有點不安，甚至有點倒陽的狀態。

莫非她是地獄派來的使者，想讓我的性慾永不見天日？

「請你幫我一個忙……」小迷糊越來越靠近我的臉。

「什麼忙？我還能幫妳什麼忙？我都讓妳來我家睡了！」我擔心地說，因為我不知道下一步會發生什麼事情。

「請你……搞我…。」小迷糊說完後就親吻著我的嘴唇。我沒有時間思考，沒有理由反抗，畢竟當我觸摸到她的雙峰時，我可以肯定，她十足就是個女人。我現在根本就忘了她是女同志的這件事。

「如果我可以讓她盡興，說不定她會『變性』，變成一個正常的女人；如果眞的是這樣，我也算是做了一件功德。」我心裡是這麼想的。

「我從來沒跟男人搞過。」

這是她第一次和男人的親密接觸。聽到這樣的話，我彷彿帶著千萬男人的使命，要讓這個小女孩初嚐男人的滋味。我的責任重大，千萬不能讓小迷糊對所有男人失望。

因爲此時，我代表著大多數的男人在與假陽具一決勝負。

我非贏不可！男人不可以輸給一根電動塑膠陽具。

小迷糊不斷地喊叫著，我可以分辨得出來那是愉悅且帶點驚喜的聲音。

「我要！我要！我還要……」

聽到這樣的讚嘆聲，我知道男人這一方終於戰勝了。

第二天早晨醒來，我的身邊多了一個小迷糊，她雙眼直盯著我看。

「起來了！」

「嗯？妳爲什麼要這樣看我？」我感到有點害怕。

「我終於知道我以前的女朋友爲什麼要找男人了，因爲男人眞的比較好用。」

聽到這句話我放心了不少，也多了些許的榮耀。

「你愛我嗎？」小迷糊躺在我的胸膛上，問了我這個問題。

我心裡一陣悽涼，該不會她以為我愛上她了吧?!

「小迷糊，昨天發生的事不代表我愛妳……」這些話雖然殘忍，但是我不想欺騙眼前這個小女孩，因為我知道她很單純。

「為什麼？」小迷糊抬起頭來問我。

「因為……我都是這樣的。隨時……我就會帶個陌生女人回家做愛，沒有一定的規則，沒有一定的人…。我就是這樣……放蕩不羈吧！」我必須老實說，我不能給小迷糊任何感情的想像。

「那你什麼時候可以愛我？」小迷糊似乎不願意放棄，她在等待一個她願意接受的答案。

「我不知道……」我不想欺騙她。

「你可以在上床時，愛我……」小迷糊抬起頭來，輕輕地在我額頭上印上一記香吻。這讓我的感覺很不一樣。

小迷糊給我不一樣的感覺。

「只是在上床時愛妳？」

「嗯！只有在和我做愛時，認眞的愛我，這樣我就滿足了。」

感情的世界詭譎多變。愛情要用什麼樣的面貌呈現，兩人約定好了，誰也無法干預。愛情的世界裡多了貪婪，沒有對錯。

愛情停看聽

性是愛情的元素之一。現今社會非常開放，也允許有婚前性行爲，第一次也不再是未來另一半的專屬品。當然，最近新聞不斷上演有女人作處女膜的整形手術，無非就是希望對方認定她是清純的。但是有多少人在乎呢？性愛在許多人的生命中是重要的角色與調和劑。但是也有許多人是性的奴隸，有需求他就會目標性地到某些特定場所尋找需求，如果可以在不花錢的情況下解決自己的需求，這樣經濟又實惠的做法，很多人在做，只是在享受魚水之歡的同時，有多少人想過疾病傳播的速度？你和這個人發生一夜情時，或許代表著你和一群人發生性關係，因此，保護自己還是一門重要的課題。

如果愛情只發生在上床時，我覺得這樣的愛，一點都不美。

夜薔薇

我喜歡夜店的感覺。

昏暗溫暖的燈光，微微酒香氣息令我陶醉。我經常迷戀這樣的情境不能自己。隨著音樂擺動我的身軀，我知道香肩微露總能散發出雌性氣味的賀爾蒙。我的手指隨著音樂擺動，不停地撥弄著刻意弄亂的頭髮，就像一頭母獅，狂野饑渴地想尋找獵物。這樣撩人的姿態讓我顯得自在，我在發揮女人該有的韻魅與嬌柔。獵物出現時我不需要主動出擊，獵物便會一湧而上，主動尋死。

我就是喜歡徘徊在男歡女愛的情慾當中。

社會上有許多衛道人士說我們這群喜歡賴在夜店的人行爲不檢點，老實說，他們根本不懂我們的文化。找尋自己要的感覺有什麼不對，人生苦短，不就是要尋歡作樂嗎？八股的人才會守著同一棵樹；我可以每天換不同的樹，爲什麼要去守著同一棵呢？

生活原本就應該是多采多姿的。

我不相信愛情，是因爲我父母失敗的婚姻。任何一種感情都一樣，我曾經以爲親情是可以依靠的，但就在他們拋棄我的同時，我的希望與期待相繼毀滅。連至親的親情都會有拋棄不要的一刻，我還能相信誰？世界上還會有眞感情嗎？

愛情對我來說只不過是個名詞罷了。

當然，我不否認也有心動的時候。但我會當它是一種心靈的悸動，短暫而不費力氣地去維持關係，我不會讓這樣的關係有持續發展的可能。

但是，該死的，我卻因爲一個小男生而動搖了我的生活方式。

他或許就是讓我心動的奇蹟吧！

那一天他和一群朋友出現在PUB裡，我一見到他就知道他非常的生嫩，像是個根本沒見過世面的小男生。眼睛不停地在我身上打量，卻又不敢正面看我，我知道我喜歡別人注視我的感覺，但是被這樣害羞的人盯著，立刻引起了我的興趣。若是今天可以成功佔有他，那麼我又多了一項豐功偉業的戰績。

況且他又是我沒試過的類型，看起來像是個大學生，可是又好像多了份大學生沒有的穩健成熟。或許那種捉摸不定、猜不透、看不穿的感覺，讓我覺得十分有挑戰性吧！

我主動靠近他。

「沒看過你喔！」我主動和他搭訕，他一看到我在他身旁的位子坐下來，立刻慌張得不知道該怎麼辦才好。

旁邊的朋友非但沒有幫他，反倒和我一起起鬨。

「小張！人家那麼熱情，你也有點反應好不好？」朋友在一們鼓動著。

「說說話吧！別害羞，我又不會吃掉你……」男人最喜歡聽這樣的話了，其實他們骨子裡多希望我把他們生呑活剝。

「哎呀！小張，你看看，這位小姐都這麼說了，你就和她聊聊天嘛！我們不妨礙你了，我們先去跳舞，你們繼續繼續……」一群人說完後一轟而散，根本不管他的死活。

他無奈地看著出賣他的朋友，但什麼也不能做。

「你叫什麼名字？」我開始對他產生了興趣，今晚他就是我的獵物了。

「我……我叫張世祥。」他緩緩吐出幾個字，眼光瞄了我一下，隨即又立刻轉移方向往桌上的酒杯看去。

這樣的情境眞是好玩極了，我不知道他是做什麼的，當然我也沒有興趣知道。我唯一有興趣的就是想要激發眼前這個「小弟弟」，如何成爲一個勇敢的「大男人」。今天這堂健康教育，就由我這個PUB女王來搞定。

「我喜歡你害羞的樣子……」話還沒說完，他的臉迅速漲紅起來，開始焦躁不安。

「別緊張，我不會吃掉你的，我剛已經說過了。」我伸出我的魔爪握住他偌大的手。他緊張得震動了身子，震驚地看著我。

「怎麼了？」他一直看著我，眼光沒有離開過，而且更大膽了。我想他就要一步一步走進我安排好的穴口，墜身而至。

「妳不應該這樣的……」

他突然這麼說倒是嚇了我一跳，跟我預期的反應有些出入。

「我不應該怎麼樣？」我要他把話說清楚，我到底不應該怎麼樣？他的眼神帶著憐惜，我不喜歡人家用這種眼神看我。

「妳不是這樣的女孩。」他的眼神充滿了憐憫，就像是當初我被遺棄時，大家看到我睡在垃圾堆裡的那一抹神情。

我極度討厭那樣的神情，那會讓我想起自己被拋棄的過程。

「你以爲你是誰呀？心理學家呀？想看清我的心……如果你眞的想看，到我家，我給你看個清楚……」

我雖然憤怒，但我不想被他看穿。因此我故作鎮定，繼續回答他的話。

「我知道妳很脆弱，我不想傷害妳。」

「厚，別說得你好像很了解我似的，我又不認識你…。」

「是妳忘了！」

我認識他嗎？我沒見過他呀！我努力地回想著；我眞的是第一次見到他吧？還是我曾經和他在酒酣耳熱之際有過什麼？怎麼我都不記得了？

「先生，如果這是一種搭訕的招術，別人可能覺得滿新鮮的，不過這一招很多人都用過了，對我來說並不好玩。」原來這個男生沒有想像中的單純，早知道我該放棄他，換個新鮮一點的人。

「我是說眞的，妳叫方宣宣，對吧？」

很久沒人這樣叫過我的名字，這個名字我早就不用了，知道的人並不多。他這麼一說，我很確定他眞的認識我，只不過我眞的記不起來。

我詫異地看著他。他開心地笑了，像是他已經答對這答案了，而我仍不知道題目到底是什麼？

「方宣宣，我是張世祥呀！仁愛育幼院的張世祥……後來我……」

「夠了！」

我不想聽到有關育幼院的事，以前不想，現在不想，未來更不想聽到。

「妳想起來了嗎？以前我常常和妳一起聊……」

「你夠了沒？來這裡是要玩的，想回憶過去你就滾回你的育幼院……」

我轉身拿了我的外套就離開，我一直以爲沒人知道我的過去，我也不想再去回想。

一出了PUB門口，我氣得全身發顫。

「方宣宣……方宣宣……」

身後傳來有人叫我的聲音，不用猜想也知道是他。

我停下了腳步，狠狠地看著他。他破壞了我今晚的享樂情緒。

「你到底要做什麼？」

「我找妳好久了，從妳被領養走，離開育幼院開始，我就一直在找妳……妳唸大學時我曾經到學校找過妳……」

這個人一直苦苦地尋找我，我卻對他沒有太多的印象。我只知道在育幼院時有一個大哥哥很照顧我，時常給我鼓勵，難道那個人就是他？

「妳記得我嗎？如果不記得，妳看這個東西就會記起來了。」張世祥將自己的衣領翻開，從脖子上取下一條項鍊。

那條項鍊十分眼熟，那是我的項鍊，我父母親一直讓我帶在身邊。

「妳看！我幫妳保管得好好的。」

我強迫自己不要流淚，不要回憶，我一直都沒有說話。

「妳記得嗎？當初妳離開育幼院時告訴我說，妳不想再想妳的父母，所以不要帶走項鍊，要我好好替妳保管，等妳長大再還給妳；現在我終於找到妳，可以把這條項鍊還給妳。」張世祥一臉興奮地說著，而我一點也開心不起來，也沒有見到老朋友的歡愉。

「方宣宣……」

我死盯著那條早已遺忘的項鍊，我早就不想要了，那會讓我想起拋棄我的父母。

我知道我還是悲傷的，但是我不想再這樣生活下去。雖然我也常常會回想，但是我會找方法麻醉自己，而最好的方法就是夜生活的刺激與歡樂，就算是短暫的催眠作用，我也甘之如飴。

因此，我喜歡在不同的男人身上周旋，這樣的情境可以讓我暫時說服自己還是被愛的，而且是被不同的人愛著。我不需要擔心被拋棄，因爲過了這一夜之後，大家沒有持續的關係，我不會心碎，更不會傷心。

「到我家吧！」

我牽著他的手，帶他回到了我家。我不允許他說太多話，只允許他用行動來表示他對我的思念。

我的熱切回應像是對待老朋友的懷念。張世祥誤以爲我還是我，其實，我早就不是多年前的那個方宣宣，以前的我早已活生生地被回憶給撕碎，體無完膚，魂不附體。

「我很想妳……」

就在我褪去身上最後一件衣服時，我聽見他這麼說。我沒有太大的反應，男人在我面前說愛我，我早就已經麻痺了。

「我一直都在找妳，一直都沒有忘記妳，沒有忘記小時候的承諾，我要妳當我的新娘。」

我沒有理會他，只持續著和他的動作。就這樣，我和他發生了第一次的關係。

從那天起，他開始到PUB找我，偶爾我會和他上床，偶爾我也會尋找其他男人的身影。連續一個月，他每天送花到我的辦公室。女人眞是奇怪的動物，在這樣的鮮花攻勢下，我竟然漸漸動心了。每天進辦公室，就期待在自己的桌上看見他送的新鮮玫瑰花。

一段時間下來，我竟然在意起他的一切，想知道他的去向，我知道自己已經開始投降，也開始動搖了。我承認他事業有成，再加上兩人有相同的成長背景，漸漸地，我卸下了自己的心防。我開始意識到，我根本沒有玩弄愛情的本錢，因爲我輸不起，無法承受失敗的痛苦。

是的，世祥說的沒錯，我很脆弱。

我很脆弱，因爲我知道自己根本玩不起⋯。

今天的鮮花卡片裡，出現了求婚的字眼。

那是眞愛嗎？世上眞的有值得相信的愛嗎？一旦擁有就不會失去嗎？於是我決定要考驗他，試驗他對我的愛是否眞實，試驗我對於他是否代表獨一無二的眞愛，無法取代？我眞的能適應那樣平淡的生活嗎？

我永遠無法忘記那天晚上，老天對我的捉弄。

到了PUB時，我看見世祥已經坐在我們常坐的位子上等我。過了今晚，或許我會答應他的求婚。

我沒有走過去世祥的座位，而是和另一名男子坐在吧檯上。我知道世祥的眼光一直注視著我，我沒有理會他。那名男子的手不安份地在我身上游移摸索著，我沒有抗拒，反而更熱烈地回應他。

我的生活就是這樣，也習慣了這樣的生活。和不同的人做愛是一種樂趣，我不知道自己是否可以和同一個人做愛一輩子。

今晚我決定和別的男人共渡一夜情，驗證一下我的心是否真的在世祥身上。

我知道世祥看見了。我帶著那名男子走出PUB，世祥也緊跟著出來。他很快地拉開了我身邊的那名男子。

「放開她！她是我女朋友……」這樣堅定的語氣，讓我有種安定的感覺。原來我不會沒有人要，至少會有世祥在。

「你是誰呀？敢破壞我的好事……」那男子不甘示弱的說完後，就給世祥狠狠的一拳。這是我沒有想到的情況，不知道事情會演變成這樣。

因爲害怕失去我，世祥更加使力攻擊那名男子。他們兩人開始扭打在一起，後來那名男子將世祥推到馬路上。世祥一時沒站穩，跌倒在路旁。此時，一輛急駛而來的小貨車來不及煞車，對著世祥迎面撞上。

「世祥……」我尖叫著，但一切都來不及了。

他的血液暈染了馬路上的柏油。我背叛了自己的愛情，背叛了愛我的人…。

愛情停看聽

常會聽見一些戀人在愛情發展過程中，有時會出些考題考驗自己的另一半，還有些人會故意找異性來測驗另一半重視與忠心的程度，但這個測驗往往測過了頭，弄巧成拙，有時還會連愛人都失去。愛情到底値不値得一試呢？應該說，如果你信任這份愛，何必請另一個人來幫你測試呢？你該相信你愛的人，也該相信自己！

一夜情固然多采多姿，但是如果有一天你眞的遇到了眞命天子或是白雪公主，他知道你的過去是個一夜情高手，他能完全信任你嗎？不會懷疑他是否是你另一個一夜情的男女主角嗎？

迷戀之情人的背叛

愛情沒有絕對的期限，往往當你不注意時，愛情早已溜走…。

迷戀之情人的背叛

愛情沒有絕對的期限，往往當你不注意時，愛情早已溜走。

你的真心來不及

我爲了他，拿了兩次小孩。

每一次懷孕，都是這樣的結果。

每個寂寞的夜晚，只有無盡的孤單陪著我。我厭倦這樣的感覺，但我卻從來不敢抗議，因爲我知道當一個情婦的守則：要抓住他的心，我就必須對他有更大的包容。

「今晚不能來陪妳了，妳自己找點事做吧！」

這是他最常說的一句話，每次他家有事時，他都是這樣跟我說的。

每當我聽到這樣的話時，我的心就有如刀割一般。我無法詢問他們夫妻要去哪裡共渡良宵？我無法介入他們的生活。

應該說，我不想知道，因爲知道了對我沒有好處，只有更深更大的傷痛。我恨自己必須和另一個女人擁有同一個男人，而我無法確定我得到的愛是不是比較多？我有沒有立場這麼做？

他說要離婚這件事說了好多年，說他無法和他太太一起生活也說了好多年。我期待著，說眞的，我期待他們離婚，因爲這樣我就不需要愛別人的男人，我只希望他是我一個人的。

畢竟這樣共侍一夫的滋味並不好受。

和他做愛的同時，我擔心聞到他身上有她的香味，也害怕看見他穿了不是我買的襯衫，更憎恨她留在他身上的髮絲，這一切我都不想再忍受。

「我知道了。你忙吧！」

我總是體貼地說著。我很明白自己的善解人意可以牢牢地抓住男人的心，我可不要像一般的情婦一樣，等不到自己的男人就無理取鬧、歇斯底里。

我可不想這樣，因爲這樣只會加速男人逃離你身邊的速度。

男人在女人身上只想找尋快樂，而不是要壓力與無理的要求。越想抓住男人的心，越要給他空間，這樣他在逍遙之後會想到信任的妳還在等他，他才會速速向妳報到。

我不是個情場老手，但我十分明白這個道理。遵循這樣的遊戲規則是因爲我眞的很愛启泓，爲了不想失去他，我會答應他的所有要求。

「妳總是這樣善解人意！」启泓在電話另一頭感性地說。

「因爲我愛你，所以我能給的我都願意給。」我的確是這樣的女人。

這幾年我們不見光的地下情已經讓我失去自己想要的生活，我沒有太大的反抗，只能默默地接受。

「只是……我明天一定要見你！」

我很少這樣要求，但是這次我眞的很想這麼做。我想試試自己在他心中的重要性。

「怎麼了？很急嗎？發生了什麼事？」

他就是這樣，總是在我需要幫助時出現這樣的語氣。雖然他不見得隨傳隨到，但他關心的語氣總是不會少。

雖然朋友都說他不負責任，但他對我說過，他說他的關心不是裝出來或演出來的。

朋友都說，如果他眞的愛我，他早就離婚跟我在一起了；誰會和一個不愛的人一起生活呢？我想是吧！換做是我，我也不會和一個我不愛的人一起生活。

或許他眞的是愛他老婆的。

可是，他明明也說過愛我……。

「明天見面再談好了。你先去忙吧！我怕影響你的心情。」我知道現在的話已經影響了他。

有時我眞的很想背叛自己的原則，做一個任性的情婦，要求對方做到我要求的一切，但是，我就是狠不下心來，所以受傷的往往都是自己。

「到底是什麼事？妳不說我更難安心。」

我的目的果然達到了。

「我說了你不要心情不好喔！」雖然我嘴裡這麼說，但是如果他眞的沒有心情不好，那不就表示他一點都不在乎我了？

「好！妳說吧！」啓泓正等著我的回答。

「我　又懷孕了！」我爲難地說出口。

「啊……什麼？」启泓嚇了一大跳，這個答案讓他太意外了。「怎麼會呢？怎麼會又這樣……」启泓開始喃喃自語著。

「怎麼辦？」雖然這不是第一次了，但他對於這樣的問題永遠都不想熟悉。

「能怎麼辦？找時間趕快去拿掉呀！」

我實在很討厭聽到這樣的回答，這樣的回答讓我感覺到男人的不負責任。難道男女做完愛、男人高潮之後，所有的殘局都要女人來收拾嗎？

躺在手術檯上的不是他，我眞想叫他張開雙腿，讓醫生在他那人造子宮內刮上千百回，讓他和我有同樣的感受。

甚至，如果眞的有靈魂這玩意，我眞想叫我的嬰靈去探問他的父親爲什麼不要他？不要這可愛的小生命！

如果可能的話，我眞的想這麼做。

「可是，我要是再拿掉就已經是第三個了……萬一我以後都不能生了怎麼辦？我實在不想再躺在那冷冷的手術檯上了；一次又一次地結束無辜的生命，那是我們的小孩呀……」只要回想起那一段可怕的過去，我幾乎就要暈眩過去。

「不拿掉又能怎麼樣呢？我還沒離婚，這樣會被抓到證據的，到時候我就更不可能離婚和妳在一起了。」

我已經不知道是第幾次聽見啓泓這麼說了。爲了不讓他太太知道，我做了許多忍讓，只爲了能等待啓泓簽下一紙離婚協議書。

他不是不愛她嗎？簽一張紙有這麼難嗎？而且這一等就等了三年，始終沒有答案。

「你眞的會離婚嗎？」我再問了一次。

「妳怎麼不相信我呢？」

「不是不相信，因爲都已經過了這麼多年了，你都沒有動作……你說你不愛她，那爲什麼不快點和她離婚？你一定是愛著她的。」

我在電話這頭哭泣起來，啓泓知道在電話中根本說不清楚，也無法安慰我的情緒。

「妳等我，我馬上過來。」啓泓掛上電話，起身轉往我家。

在這段時間裡，我想了好多好多關於他們這些日子以來相處的點點滴滴。

我只有一個目的，那就是要得到啓泓，我不希望自己的付出最後變成了一場空。這樣才能補償我這麼多年所受的苦，我要毀滅，毀滅他的家庭，因爲他已經徹底毀滅掉過去的我。

啓泓給她的承諾一直都沒有兌現，尹茜在漫長痛苦的等待中心力交瘁。

是時候該攤牌了。

啓泓急忙跑來，我知道他同樣關心這個問題，沒有一個男人願意讓自己的骨肉流浪在外。

「我剛在路上想了想，這個小孩一定要拿掉。我知道很對不起妳，小孩我們可以再生。」

「這句話在我第一次懷孕的時候你就說過了……」

我不再相信他所說的，我希望聽到的是不同的答案。

「那妳要我怎麼做？我會離婚，妳要給我一點時間呀！」

「一點時間？我已經給了你多少時間？你說你會給我交代的，那現在呢？我看你要給我什麼樣的交代？」我哭泣地說著。

「好！我離婚。我現在就回家跟她談，好不好？但是小孩一定要拿掉。」

「既然你說要離婚，小孩我更不可能拿掉，我要生下來，我不要再拿小孩了……」

啓泓當場不知所措，他根本不知道下一步該怎麼做？

「我回去談，妳等我電話。」啓泓沒有再說什麼，轉身就走，連一個安慰也沒有。

我呆坐在玻璃窗台前看著窗外溫柔的月，我的心死寂一片 。應該說，我早就知道會有這樣的結局。

當我遇到另一個他時，我以爲我不會變，但是我錯了。

石舜文的出現，給尹茜帶來了重生的機會。他的溫柔與眞情付出吸引著我，我想他才是我今生想要的。我不是盲目的接受，而是在這些日子裡，我看清了愛情的本質。愛不就應該是全然的付出，不應該有所分別嗎？我討厭等待，討厭等待別人給我的愛。

如果啓泓無法給我想要的，那爲何我還要死守在他身邊？

「妳訂做的婚紗已經修改好了，設計師說可以去試穿了。」舜文開心地說著，當他看見婚紗的同時，他知道我將是他今生最美的新娘，也是唯一的愛。

「嗯！你來接我吧。」

這句話我說得坦蕩，因爲我再也不害怕和情人一同在街上會被別人認出來，也不必東躲西藏。

我和舜文的婚期是在下個星期六，我們沉浸在熱戀的喜悅中。這是我第一次愛得這麼自在，愛得這麼獨裁佔有，身邊的這個人是我一個人獨有的。

舜文可以給我想要的安全感，我在他身邊相當自在且受到保護，而且不必壓抑自己內心的想法，只要分享彼此的心情。

原本以爲要讓自己跳脫出一段長久的感情是困難的，當我爲啓泓拿掉第二個小孩的時候，躺在手術檯上的我被撕裂的不是肉體，而是受傷了的心再次被撕裂摧毀。從那時候開始，我試著告訴自己離開這個傷害我的人。

自從我有計畫要離開啓泓時才知道，女人要從一個懷抱跳脫到另一個懷抱，需要的只是一點勇氣和傻勁。可以愛的人很多，可以給妳很多愛的人也很多，只是看妳願不願意跳出愛情的泥沼。

我並沒有再懷孕，要求啓泓離婚是因爲我知道這一點啓泓很難做到。我只不過想找一個離開的理由罷了。

那天，我在舜文的車上接到了啓泓的電話。

「尹茜，我剛才把我們的事都告訴我太太了。她很生氣，離婚的事她也答應了，我們已經辦好離婚手續了，妳要我做的，我都做到了。」

啓泓離婚了，他終於離婚了。

「這樣呀！恭喜你！也恭喜我自己！我的婚禮下星期六舉行，歡迎你來參加⋯」

愛情停看聽

想要劈腿的人，應該還是要有點責任心。不過有些讀者還是會反問我，如果他有責任心，他還會劈腿嗎？會的！只是我們已經無法要求愛人不能劈腿，但起碼要求他對你有點責任感，不要一旦發生事情，就把所有的責任推得一乾二淨。有的男人一聽到女朋友懷孕的消息，大多數的人都還是以「不知所措」來面對。當然還是會有些無恥的人會反問女方：妳確定這個孩子是我的嗎？不想負責任的男人起碼請給女方尊重與尊嚴。

因爲沒有經濟能力或者不在人生規劃中的小生命，很多都是犧牲者。外遇或第三者懷孕，很多女人傻到以爲這個小生命可以成爲妳扶正的籌碼，但這都高估了妳的男人，他們不見得願意買單。生命眞的很可貴！就算他再怎麼小？或者你認爲他只是生物名詞中的胚胎，他都是生命。不應該被拿來當做賭注，更不能輕易捨棄。尊重生命，應該從尊重自己的尊嚴開始！

處女之夜，眷戀

我老婆和我交往的時候，她已經不是處女了。

這輩子，我想我是無緣碰到這種女人了。因爲處女已經像是稀有動物一般珍貴，世上沒有幾個人能擁有。

同事在聊天時，常常將這種處女情節當作笑話討論，但是對慾望極大又渴望變化的我來說，眞的是一種煎熬。

我結婚快十年了，也早已過了七年之癢的關卡。我的老婆溫柔婉約，是個懂得持家的好老婆，說眞的，我對她很滿意。在朋友眼中，我們是對令人稱羨的模範夫妻。

在婚姻經營中，我們曾經迷失、曾經迷惘，但是我們仍然一起攜手走過婚姻的低潮期。現在，只要周遭的朋友有婚姻上的難題，我們夫妻倆都願意提供我們辛苦走來的一切甘苦談。畢竟，要經營一段好的婚姻眞的不是一件容易的事，也不是單方面就能完成的任務。

夫妻同心就能化解一切難題與挫折。

當然，我和其他男人一樣，有性幻想的對象，也喜歡在休息的時候看看A片；和老婆在魚水交歡時，我也渴望能有一些變化。

但是我的老婆相當保守，結婚這麼多年，我們做愛的姿勢就像我們的愛情一樣，不曾改變過。

我曾經要求老婆玩點別的花招，她卻興趣缺缺地說：「我只習慣這種姿勢，而且做久了這樣比較順手。」

男人在性方面是越不順手越好，而且越是舊的招式越沒有性趣。

我是一個普通的男人，一個和大家一樣有深切需要慾望的男人。我還年輕，下半身還「戰鬥力十足」，不僅希望對象可以不同，姿勢可以不同，最好還能跟不同類型的女生發生關係。可是，我知道這只能在腦海中幻想，不能身體力行，因為我不能對不起我的老婆。所以說起來，我還算是一個好男人吧！

老婆管我管得很嚴，所以去酒店或PUB玩時，很多事都不能據實以告。剛開始女人會告訴你：「沒關係！你說，我不會生氣……」

你以為可以放心地說了，卻沒想到說了之後的下場居然這麼慘。

「妳不是說不會生氣嗎？」

「我是說過我不會生氣，但是我沒有想到你會去那種地方　叫我怎麼能不生氣呢？」

接下來，就會上演一哭二鬧三上吊的戲碼，甚至還要將雙方家長給拉來蹚這場混水。所以男人說謊不是故意的，應該要有意，而且該用點心。別大腦不動、構思不清楚，以爲女人不知道；天曉得女人和你朝夕相處久了之後，什麼時候在你身上偷裝衛星定位系統你都不曉得。她們常常在猜想中把你的話給套出來，不過，就算她們抓到一丁點的證據也先別承認，因爲那有可能是她們自己編造出來的，千萬別承認，否則可能一輩子都吵不完。

有了同事教授的這一招「打死不認」，所以我幾乎輕輕鬆鬆就可以逃過老婆的監控。再說，大家同事一場，相互照應是常有的，我幫你，不就等於你幫我嗎？想要玩樂，男同事們可得上下一心。沒事說個加班，就算老婆打到辦公室，有人也會幫忙說：開會中。

這眞的是個非常實用的好方法。

因此，我漸漸開始有機會到PUB和酒店見識，也才有機會接觸我這輩子想都沒想過會遇到的人。

「又自己一個人來呀！」

我終於又看見了這個小女孩。她和我老婆年輕時很像，充滿活力又單純。和她在PUB見過幾次面，也聊過天，還滿談得來的。

「對呀！工作壓力大，所以來喝杯酒，這樣回去比較好睡。大哥，你是不是偶爾也會有這樣的感覺呀？」徽徽托著腮問我。

她是今年剛畢業的大學新鮮人，這個月才進電腦公司上班。她第一次和同事來PUB時就認識了我。

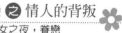

「會呀！有時候還會壓力大到睡不著。」

「眞的？你也會呀？我還以爲只有我一個人會這樣呢，沒想到你也是……」

徽徽開心地笑了起來。我特別注意了她身邊的人，今天她的同事沒有跟來，只有她一個人。

「妳同事沒陪妳來喔？不怕遇到壞人？妳男朋友呢？」我一連問了好多個問題。和她聊天，我居然有興奮的感覺，就像在談戀愛一樣。

我想人們總是想用不同的方式來尋找激情，也需要激情的生活來陶冶平淡的生活。

「沒！我從來都沒有交過男朋友！」徽徽一臉嬌羞，頓時令我莫名地好奇起來。

「妳沒交過男朋友？」

「大哥，你別笑我好不好？在學校大家都叫我書呆子，說我不談戀愛；現在好不容易跟你談得來，你又這樣說……唉呀！我不跟你說了。」徽徽嘟著嘴的樣子可愛極了。

我真的有股衝動想一親芳澤。現在我真的不得不承認，男人真的是下半身思考的動物，衝動一來時連自己都控制不了。

我主動握住徽徽的手。她先是震驚了一下，害羞地看著我，隨後又低下頭去，不敢多看我一眼。

「我們出去走走好嗎？」

我沒有等她回答，隨即牽著她的手離開了PUB。我知道如果她不同意，就不會讓我牽著她的手，所以一路上我都沒有放開。戀愛的感覺頓時間全都回來了。

「難道這就是戀愛的感覺……」徽徽低聲喃喃地說著。但我清楚地聽到她所說的，我更加確定她愛上了我。

這個小女孩真的愛上了我。

或許就像大家所說的一樣，三十幾歲的男人多了種成熟的男人味，而這樣的魅力特質最能吸引現在年輕女孩的目光。

我深情地看著徽徽，她羞赧地低下頭。我的唇熱烈地貼上她的，那柔軟的感覺讓我身上所有的細胞全都顫慄了起來，腎上腺素迅速上升。

我自作主張地帶她到汽車旅館，她沒有抗拒。

老實說，我真的很興奮。徽徽說她沒有談過戀愛，是否也意味著她還是處女之身？處女？我這輩子從來沒想過還會有機會接觸其他女人的身體，更別說是處女了。這對我來說根本就像是一場夢。

我們進了房間，一起坐在床上。我迅速低身抱著她，她的身體在顫抖著，彷彿這一切她還無法適應。

「林大哥……你要溫柔一點……我是第一次……」

這番話讓我有了前進的動力，慾望在此刻全部爆發開來。我傾注所有的精力奮力一戰，只為這光榮的戰績與得來不易的機會。

「大哥……痛……好痛」

我更加賣力地挺進，這是我前所未有的感受。這不僅是徽徽的第一次，也是我的第一次。

第一次的外遇。

第一次和處女做愛。

我終於知道為什麼有些男人會有處女情節了；我終於可以體會處女帶給男人的驚艷與獨特之處。因為女人就只有這麼一次，失去了無從找回。

而我，迷失在這處女的叢林之中，不可自拔。

接下的日子對我來說是無奈與複雜的。自從和徽徽有了肌膚之親之後，我們的地下戀情維持得好辛苦，但卻在做愛的過程中得到釋放。

不過，我卻再也無法和我老婆做愛。那樣的做愛過程令我不舒服也力不從心，沒有激情、沒有期待，有的只是例行公事。

日子久了，我居然連碰老婆的慾望都沒有。躺在床上，我就想到徽徽那柔嫩緊實的胴體和銷魂的嚶嚀聲，每當想到這裡，眞恨不得立刻飛到她的身邊。

我想我已經外遇到無法回頭的地步了，也無法再和我老婆住在同一個屋簷下生活。以前我沒接觸過處女時不瞭解，但是現在接觸過了，我卻像上了癮，無法自拔。

我已經厭倦和同一個人一起生活，尤其生活是這樣的一成不變。性生活永遠沒有變化，我就像是一條拼命游泳的魚，永遠都無法離開同一座湖；而我老婆就像是一個湖泊，魚兒永遠都無法出去看世界。日子這樣過下來，那會是怎樣的人生呢？並且怎麼可能會有激情呢？

當你習慣了激情後，便很難回到平淡的生活。

我想，我需要有改變人生的勇氣。

既然愛情如此美好，何不再多談一次？外遇已經成爲一種人生的新選擇，一種人生的新機會與冒險好玩的遊戲，如果你還傻傻地待在原地，那是你自己決定要過乏味的人生，但是不要期望我會如此。

因爲經過了這場相遇，我才知道世界上有太多美好的事物在等待著我去嘗試。沒吃過葡萄的人，永遠不知道葡萄的美味，這種感覺就像如人飲水，冷暖自知。

「也該給徽徽一個交代了，畢竟她還年輕……」

於是我勇敢地和老婆坦承我所做的一切，沒有隱瞞，義無反顧。因爲我知道我沒有後路，只能勇敢地向前去追尋我的人生。

老婆生氣地離開了我，連離婚證書都簽好字了。我知道我傷害了她，但我也鼓勵她去追尋自己的人生。

我準備要和徽徽重新過新的生活，我將所有的存款都交給她保管，以示我的眞誠與眞愛。

現在的我神采飛揚，大家都問我離婚之後爲何氣色越來越好，我開玩笑地說：「都是因爲滋陰補陽的關係。」

今天下班後，我和徽徽約在另一家PUB見面，可是等了好久，都沒看見她出現。此時，隔壁桌傳來一陣氣憤的咒罵聲，聲音之大，連我都聽得非常清楚。

「哪個死徽徽，裝什麼處女騙我，把我的錢都騙光了，害我老婆現在也和我離婚了，臭女人！不要再讓我看見她，不然我就殺了她！」

「唉，不知道還有多少男人受騙？也不知道她破壞了多少原本美滿的家庭…。」

「只能怪男人自己的定力不夠……。」

我發愣地直覺撥了老婆的手機，響了幾聲後，電話就直接被掛斷了，連給我說話的機會都沒有。

女人一旦死了心，就很難再回頭。

愛情停看聽

有些男人口中說他不在乎對方是不是處女，但心底卻渴望有遇到處女的機會。雖說現今社會開放，應該沒有太多人有處女情節，但處女整形的需求卻日與俱增，表示現今社會雖然開放，卻還是有一群人在茫茫人海中虛找著純情的處子之身。

因為有需求，所以有供給，因此這些人不斷地尋找，另一邊有人不斷地整形討好。還有的女生雖然不是做特種行業，但是為了給男友好印象，還是會花錢去整形，老實說，男人遇到處女，哪一個不感動？這個處女情節，會一直存在。處女現在已無法代表純潔，更無法證明其心地善良與單純。它到底可以證明什麼呢？不過是薄薄的一層膜，只是生理構造的一部分。

讓我愛你好不好

網路真的是個奇妙的世界，裡頭交錯著情感與慾望，傳遞著速食愛情的貪味。那情愛散播的速度強烈地吸引著我，刺激的藏鏡人遊戲與角色扮演更是令人期待。

網友說：「網路上有很多恐龍妹和怪物，小心為妙。」

我不否認，這其中當然有很多名不符實的人，但只要小心，我想還是可以預防的。

喜歡在半夜上網的人都有一個共通點，那就是很害怕寂寞加上有嚴重的好奇心。很多人喜歡搞網交，而且因為交到大醜男、大醜女而痛不欲生，但是愛好網路交友的我卻有自己的交友方式。

我的方式就是反其道而行，想和我交朋友一定得先出來見面，看看是不是蜥蜴男，再確定要不要交往，所以，我交到醜男的機率非常渺茫。有人說網路上也可以談出美好的姻緣，這我當然相信，因此我希望可以在網路上找到相知相惜的朋友。

我和他就是這樣認識的。

約出來見面時，我和他可說是一見鍾情，兩個人很談得來。於是見過面之後，我們在網路上的交談就更爲深入，當然也就談到了未來。

眞沒想到寬廣的網路世界也能爲我找到未來的另一半。

我一直期待愛情的到來。小學老師的工作讓我每天非常忙碌，沒有什麼機會可以結交到志同道合的男人，但是因爲網路聊天的關係，讓我節省了不少時間，也讓我在晚上睡覺前可以有人陪我談心入睡。

林志寬從網路世界中闖進我的心扉，他的愛情讓我難以招架，只能全然接受。我相信和他的感情在穩定中成長，也珍惜這份相遇之情。

愛情一旦降臨，便無法預知所有的發展。

「今天下班之後來我家好不好？」

志寬這樣要求著。我不是小孩子，當然知道接下來會有怎樣的發展。大家都是成年人了，所以一切都很自然，而且我們認識也有一段時間了，我的確都還沒有到過他家。

媽媽說：「去他家看看，可以看出一個男人的生活習慣和品味，不適合自己的，當然可以說分手。」

我想，只要是現代人都是這樣想的吧！在還沒有結婚之前，大家都有選擇的權利；

就算在結婚之後，大家也有權利追求幸福。

「好吧！下班後我先回家準備一下，再坐車到新竹，你到時候來新竹車站接我好了。」女人的體貼是催化男人心防的利器。

「沒關係！我直接到台北接妳，沿路上我們還可以去看看風景或逛逛夜市，我開車去接妳也比較安全。」志寬體貼地說著。

這一點是我沒想到的，這樣的體貼也讓我對他的印象又加分了不少。

「那好吧！你別急，開車記得小心。」

我非常慶幸自己可以在網路上遇到眞愛，因此我們惺惺相惜。我們有著同樣的過去，都曾經被深愛的人背叛過，所以能夠相遇，我們都格外地珍惜。雖然我們認識的時間不算長，但是對於志寬對我所做的一切，我都能眞切地感受到他的用心。

過去感情受過傷的我，傷口已經漸漸癒合，現在我只希望在情感這條道路上能找到歸宿，不要再漂泊不定，靠不了岸。

志寬果眞在預定時間內到我家來接我。接著，我們從台北一路玩到了新竹。雖然夜色茫茫，但是有他的陪伴，所以景物都變得光彩絢爛。

「謝謝你陪我渡過這麼美好的夜晚。」

「我也要謝謝妳，今天不用讓我在網路上孤單地思念妳。」

志寬說完隨即給了我深情的一吻。他的吻讓我動心，混亂了我所有的思緒。我心裡期待的那一刻終於發生了。志寬對我很溫柔，就如同珍惜一塊瑰寶般疼惜，讓我不禁貪戀這樣的節奏。我想，這是我人生中最美妙的一刻。

在這一刻，我有志寬陪伴。

接下來幾週，只要遇到週休二日，志寬不用加班時，我便會到新竹和他共渡週末。來到志寬家時，我不必替他整理什麼，他家裡總是乾乾淨淨的，我想他的生活習慣是不錯的。我們只要一見面便瘋狂地做愛。這樣的情愛慾望遊戲讓我們食髓知味，不斷地嘗新變化，也讓我眞切地體驗到性的另一面。

我開始迷戀上性愛，瘋狂地做愛。這是我們溝通的技巧，更是我們相愛的方式。

每週都要等到週末才能見面，對我來說不見面的日子眞是煎熬。

志寬生日的那天，我等不及到星期六才能爲他慶祝，於是我悄悄地坐車到了新竹，想給他一個驚喜。

打了好多通電話志寬都沒有接，想給他驚喜卻不知道該去何處，此時我眞是懊惱當初應該記一下他公司的地址，這樣就能給他徹底的驚喜了。

「志寬，怎麼都不接電話呢…？」我焦急得不知該怎麼辦？畢竟新竹對我來說是非常陌生的地方。平常來新竹就是待在志寬家，很少在新竹市區逛逛，現在要我去找志寬家，對我來說眞有點難。

「早知道該好好記一下路。」好不容易在志寬家附近找到了明顯的招牌建築物。

我記得志寬家就在這附近，沿著記憶尋找，果眞找到了志寬的住處。可是我沒有志寬家的鑰匙，所以只能坐在大廳的沙發上等他。

我想他見到我時一定會嚇一大跳，這份生日禮物眞的是夠驚喜了。

「小姐，妳找誰呀？」一個操著湖南鄉音的老伯伯問我。看他的穿著，我知道他是管理員。

「喔！我找六樓之五的林志寬。他還沒回來，沒關係，我在這裡等他。謝謝你！」

說完我繼續坐下等志寬回來。

過了一會兒，管理伯伯又走了過來。

「小姐，妳是林先生他什麼人呀？要不要我給妳通報一聲？」

「他在家嗎？我是他女朋友。」這時候志寬應該在公司吧？

「啊……喔！那妳等等吧！」

管理伯伯走到對講機處，按了志寬家的對講機。好像有人接了對講機，接著，管理伯伯就叫我上去。

「門已經打開了，妳可以上去了。」

原來志寬在家啊，難怪手機關機了。

我坐電梯到了熟悉的六樓，打開房門的是一個女人。

「您是……」

我沒見過這個女人，她是誰？是志寬的家人嗎？

「先進來坐再說吧！」那女人溫柔地說。

我一進了大門，客廳中的擺設依然沒變，還是這樣整齊乾淨，只不過女人的身邊多了一個可愛的小女孩。

「我聽管理員說，妳是志寬的女朋友？」管理員果眞通報得很清楚。

「嗯！那請問妳是……」

「我是他太太，這是我們的女兒。」

我聽完之後一臉錯愕。是前妻嗎？爲何沒聽志寬提起過？我的臉上充滿了疑問，眼眶裡大大的淚珠不聽使喚地流下來。

「妳先不要哭……」

該傷心的應該是他老婆，可是現在反倒是她來安慰我。老實說，我受到的震撼太大，讓我根本無法思考。

「對不起，我眞的不知道志寬有老婆和小孩。我不是故意要破壞你們的家庭，我我眞的很抱歉……」

「沒關係，妳不用說了，我都知道。」

「我來過你們家，沒有看見女人的東西，也沒有看見全家福的照片，所以我都沒有懷疑，因爲……他也給我看過身份證呀！我沒看見配偶欄上有登記任何名字。」

當初爲了保護自己，我要求先看志寬的身份證，因爲我絕不和有婦之夫交往，所以特別做了這個要求，況且，當時眞的沒有察覺異狀啊！

「我不會怪妳，我只怪自己的先生不檢點。老實說，他有很多張僞造的身份證，被我發現時，我們還爲此大吵一架。家裡都沒有我們的照片，是因爲他沒有擺照片的習慣，而我和女兒只要週末就回娘家渡假，所以他才可以帶妳回家。至於沒看見女性的用品，我想是他事先藏好了。」他老婆平靜地說著，似乎很能接受這一切。

我無法接受我會被一個僞裝的騙子所欺騙，他欺騙了我的感情。我以爲我遇到了一個不可多得的好男人，沒想到我卻是他情場遊戲中的過客。我不甘心，這一點我眞的不甘心。我的感情已經投入這麼多了，我該怎麼面對這樣的傷痛？

但是看看他的妻子，卻是逆來順受，難道她也縱容她先生這樣欺騙女人的感情？

「爲什麼？他爲什麼要這麼做？」我眞的好恨！

「小姐！妳不要難過，老實說，妳並不是第一個受害者，他已經騙過好多人的感情了。」

「爲什麼妳不阻止他……」

「我不會阻止他……因爲我準備和他離婚。我再也受不了這樣的精神虐待了。」

當我聽到他老婆這樣說時，我知道我的傷心絕不會因此停止，但是眼前這個人，她受的傷絕對比我還重。

「妳不要難過，妳還年輕，要好好地過下去。」他老婆這樣安慰我。

兩個女人抱頭痛哭，她們在同一條情路上都受了傷。

難道好好愛一個人有這麼難嗎？

愛情停看聽

故事的結尾眞痛心，兩個受傷的女人彼此安慰，下一個受害者不知道在哪裡？我覺得現在的社會上很多人對自己的定位不是很了解；一個結了婚的男子或女子，難道可以因爲自己一時的歡愉與享樂，就欺騙無知的另一方，等到感情付出了，傷害造成了，再來說抱歉。這是殘忍的！而或者有些更可惡的人絲毫不覺得自己的作爲造成了傷害，他只怪自己欺騙得不夠徹底。所以遇見一個好人，彷彿越來越難。

我的女性朋友，有些被騙了感情，連這幾年來奮鬥的積蓄也被男人騙走了，說起來眞諷刺，因爲太過於信任而被騙感情，又因信任而給他所有的積蓄，人對人的信任若被拿來當作欺騙的工具，這眞的是很可怕的一件事。

相愛是美好的，信任可以使愛情更加穩固，不是嗎？

香水魚

她是一隻需要承諾保護的香水魚。一旦承諾無法兌現，就像魚沒有水無法讓她生存下去。她會轉身就走，留在你身上的只剩下香水魚的味道，你只能懷念⋯。

她會讓你記住她的味道，要你知道香水魚要的承諾，不能被遺忘。

她現在是一位大學教授，擁有的是一份自信與一顆渴望被承諾的心。她總是無聲無息地出現，最終又如煙般消失，我明白她在等待，等一份安定的感覺，等我的承諾，但我始終不肯給⋯。但我萬萬沒有想到她消失的速度，就如同我愛上她的速度一樣迅速，一樣毫無理由。

我和她重逢在一場政治演講會上，她是大家注目的焦點，因爲她的年輕，因爲她的專業，也因爲她身上散發的獨特自信魅力。

其實和她認識的時間不算短，她從在國內唸碩士時，我就一直希望和她有進一步的發展，可是當時我有女朋友，所以不敢貿然採取行動，也或許因爲我身份的關係，我的老闆也是政治圈中知名的人物，而我擔任的是發言人的角色，所以我一直都相當注重自己的形象，害怕對她的追求會影響到我未來的發展。畢竟她當時是個正要出國攻讀博士的年輕女孩，一切都還未成熟，應該說，我不知道有一天她竟然會在政治舞台上有如此精湛的演出和表現。

爲了升遷與未來，可以犧牲的我都願意犧牲，雖然我知道她是不可多得的好女孩，不過爲了我的未來，我不可以輕舉妄動，不可以留下任何把柄在別人的手中，我不能談一場失敗的戀愛，也不能有失敗的可能，所以我不敢貿然行動。

「學長，好久不見……」她連說話都充滿了迷人的魅力，我眞想痛毆我自己，如果五年前我追求她，我有把握，我一定可以佔據她的心，因爲當時我知道她喜歡我，可是現在，情況不同了……。

「EMMA，好久不見。妳看，轉眼間國內又多了個出色的政治學博士……」我眼睛不停地打量她，她咪著眼笑，笑容燦爛如陽光般閃亮，幾乎要灼傷我的眼。

「學長，是你誇獎了。」她害羞地低下頭去。

「結婚了嗎？」這是我想要知道的問題，也是我探測自己是否還有機會的時刻。

老實說，以她現在的地位和專業，其實都凌駕我之上，如果可以和她有緣有份，對我的事業來說都會有很大的幫助，我想或許可以少奮鬥個十年吧！

「還沒！連對象都沒有怎麼結婚？你呢？」EMMA看著我笑。

我看得出她眼中有淡淡的哀傷，像是在訴說幾許的失落感。

「我也還沒呀！在等妳……怎麼會先結婚呢？」我開玩笑地說，但是我在她眼中突然看見閃爍的淚光。

接著沒有多久，眼淚就幾乎要滑落，我開始懷疑自己說了不適當的話，趕緊上前解釋著。

「對不起！對不起！我說錯話了……」

「沒有、沒有……是我自己突然想到一些事……所以……」我猜想，她是不是還懷念著我，不是因爲我的自信，而是我從她看我的眼神中，彷彿得到了答案。

那天，我等她演講完之後和她一起共進了晚餐，我們聊了很多，她對過去的事記得非常清楚。或許是她的聰明，所以記憶力特別好，但是我看出端倪了，她對於我發生的事情都記得一清二楚。我開始懷疑她是不是還愛著我？所以注意著我在國內的一舉一動。我必須更大膽地試探才能得到答案。

「其實在妳出國前我一直想對妳說一件事……」我假裝不知該如何說下去。接著她說了：「你說呀！什麼事？」

老實說，要抓住一個單純女人的心眞的很容易。她是個乖順的女人，要掌握她，我想應該不是難事。

「EMMA，其實五年前我就想過要向妳表白我的心意，但是因爲妳要出國了，我不確定妳是否會接受我，所以我膽怯了……」

「學長，請不要再繼續說下去……因爲據我所知，你還沒有跟小女朋友分手……」沒錯，EMMA果眞對於我的事都瞭若指掌，所以我可以確定自己還是有機會的。

「我……」

「你還沒有跟小女朋友分手，就跟我說這些，這樣對人家不公平吧！」她說得輕鬆，但是我知道她心中已經有些不滿的情緒，我當然要好好地解釋一番。

「EMMA，妳聽我說，說眞的，我的那個女朋友只有高職畢業，我們家是不會允許我和她交往的，所以我一直都沒有帶她回家見我父母，因爲在我心裡，我想她無法符合我妻子的角色吧！」

我誠懇地說，這是我的眞心話。政治場上很多人都知道，娶到一個好老婆可是會幫你帶來好運的，如果你的老婆是名人，你更可以少奮鬥幾年的時間，就像娶了有錢人家的女兒是一樣的道理。

「這些話你跟她說過嗎？」EMMA反問了我。

「我當然有和她說過，但她就是不願意離開。她是鄉下人，思想比較保守，她的朋友也說，抓住了我這麼一個長期飯票是一種保障，可不要輕易地跟我分手。我和她說了無數次的分手，她就是不願意，現在我們的關係眞的淡如水 」

男人尋找到新獵物的同時，恨不得身邊的異性都能淨空自動消失，好讓獵物心甘情願地自願跳入陷阱。

「但她還是你的女朋友，只要沒有分手，都是女朋友。」

看來EMMA痛恨成爲第三者。

「我可以給妳承諾，我會盡快跟她分手……」我知道她要承諾，我可以給，現在我給得起了。

「等你和她分手再跟我談吧！」EMMA丟下了這句話，我知道她還是在乎我的，而且這句話也代表著她願意給我機會，就要看我怎麼做了。

那天我和EMMA分開之後，我們一直都保持著聯繫，每天我都會打五至六通電話給她，我知道烈女怕纏男，這一次我有把握可以掌握得很好。

「張超，你已經五天沒和我連絡了，為什麼？你是不是又有新的女朋友了？」我的小女朋友小倩終於等得不耐煩出現了。

她就是這樣，總是按奈不住情緒，老是在辦公室給我難堪，只是這一次她是真的從南部跑上來了，而且毫無預警地出現。

「小倩，妳怎麼來了？」

「為什麼我來了？因為你又無聲無息的消失了，只要你一遇到喜歡的對象，你就會這樣對我，我已經不想再習慣了……我要你現在就給我一個交代，否則，我不離開，我也會讓你無法在這個辦公室待下去。」小倩十分氣憤地說著。她受了太多氣，過去她總是乖巧地等待，但是因為愛的等待卻給了對方背叛偷情的機會，她不想再忍氣吞聲了。

「是時候了！我該和妳分手了，我已經不想再忍受妳這樣的查勤，我不是妳的員工，沒有必要向妳隨時報告我的行蹤…。」哪一個男人能忍受這樣咄咄逼的女朋友，如果今天換成EMMA，她絕不會用這樣的語氣和我說話。

「我查勤？若不是你常常偷吃，我會這樣查勤嗎？我就是太在乎你，怕失去你，你知道嗎？」小倩激動地說著。

「我已經受不了妳了！真的！妳放了我吧！我愛上別人，對妳早已沒有愛了……」

「早已沒有愛了……沒有愛，你還可以瘋狂地和我做愛？沒有愛，你還可以在寂寞的時候來找我？你把我當成什麼了？慰藉你的靈魂還是你的身體？」小倩話一說完，便狠狠地在張超臉上畫下了重重的五道疤痕。

那一巴掌拍得很響，辦公室的人都跑出來看了。張超知道大家開始議論紛紛，他要保持自己的形象，也要給自己台階下。

「妳不要這樣，分手就應該要彼此祝福不是嗎？」

「你不要對我說教！我知道你的目的，我知道了……張超，告訴你，其實我這個鄉下女孩並不傻，也不笨，跟著你這麼多年了，你在我身邊來來去去，需要我時就出現，不需要我時就把我踢得遠遠的，我知道你的EMMA回國了，我看了電視，我知道你的心飛到她的靈魂深處了，我再也盼不回了，我終究敵不過EMMA，我可以離開，有一天，

EMMA會看清你的眞面目的……」小倩說完便離開了辦公室。

我想我已經解決了和她的一段感情，現在，我可以名正言順的追求EMMA了。

下班之後，我立即趕到EMMA的辦公室等她下班。我手上捧著一把新鮮的玫瑰，我想這應該是我和她新的開始。

「EMMA，我想我可以給妳承諾了！我要和妳一起共渡未來……」

「你和小倩分手了？」EMMA一點也不感到驚訝，臉上也沒有興奮的表情。

「妳怎麼知道？」我開始擔心是不是辦公室的人通風報信，把剛才小倩到辦公室吵架的事情告訴EMMA。

「政治圈就是這樣嘛！別放在心上！」EMMA就是這樣善解人意，也使我更加喜愛她。我想她就是我今生尋尋覓覓的新娘了。

「現在妳可以把妳的心交給我了嗎？」

「等我一下好嗎？這裡要召開一個記者會。」

「記者招待會？在這裡？」我滿懷疑惑地問道。

「嗯！等一下部門要宣布重要訊息，我等一下再回答你的告白好嗎？」EMMA淺淺地笑著。

「我當然願意，我當然願意等待！」

EMMA這條香水魚果眞需要承諾做保護，希望我的承諾可以保護她一輩子。

記者會開始了，我驚訝地看著台上的重要人物，因爲他們宣布了EMMA成爲他們部門的重要發言人。我開心地不知如何是好，一切都是如此的美妙。我爲我的選擇喝采！

EMMA和周遭的人員致謝之後，再度回到我的身邊。我想擁著她……她走向了我，我等待著她的回答。

「張超，小倩的事情解決了，那麼小傑呢？小傑的媽呢？該給他們一個名份了吧！你的過去我都瞭若指掌，你外面有多少女朋友我都知道，你對不起太多人了！」

原來張超已經和另一名女子有了孩子，這件事連小倩都被蒙在鼓裡。

「EMMA……」她怎麼會知道我的一切……

「你想知道我如何知道你的一切？我告訴你，我們國家對於AIDS病患可是有完整的追蹤醫療系統，要摸清你，太容易了。不要忘記，你因爲身份特殊，注意一下你的性行爲……」EMMA的眼神充滿了憤怒，她爲其他女人抱不平！

「我……」

「我這條香水魚，要的是承諾，而不是欺騙的謊言……」

背叛香水魚的心會隨著河流消失，等待香水魚出現的愛人會嗅出香水魚獨特專情的味道。劈腿的船夫踏著多條不穩定且無法掌握的船，有一天終將面臨翻覆的命運。

愛情停看聽

現代人在選擇另一半時都會仔細挑選，尤其是考慮對方的經濟因素。我倒覺得這是無可厚非的，不過如果你還在和目前的男女朋友交往過程中，出現了一個更有錢更有事業的對象，於是你就甩了當時的戀人，我覺得這樣就太不厚道了。不是建立在愛情基礎下的感情，我不知道能延續多久？有朋友開玩笑說，只要有錢感情就會在，那麼到底愛的是錢還是人呢？雖然每個人都希望可以過更好的生活，但我覺得選擇對象上進心倒是很重要的。一個永不放棄生命的人，他很難放棄自己，因此，他不會讓自己的生活過不下去，選擇這樣人格特質的人，會比你選一個有錢人更重要。不要忘了，有錢的人不會守成，有一天還是會倒下的。他倒下潦倒時，背負龐大債務時，你還能愛他嗎？如果愛，那才是眞愛！

畸戀之感情第三者

不能見光的愛情，永遠無法行光合作用。入夜才能見面的愛情，這樣的愛等不到天明，也註定沒有明天…。

畸戀之感情第三者

不能見光的愛情，永遠無法行光合作用。入夜才能見面的愛情，這樣的愛等不到天明，也註定沒有明天。

仰望愛情的高度

我錯估了時間的長度。原來愛一個人沒有期限，等待一個人也是如此漫長。

但我相信，有一天，我會等到他的。

相遇那年，我剛滿二十歲，而他是個事業有成的中年男子。我們兩人相識不久，很快便墜入情網中。當時他還是個黃金單身漢，只不過他身邊不只有我一個女人。

但他說過，我和她們是不同的。

那些女人只不過是逢場做戲的道具和煙花產物下的商品，論真心太遙遠。我和他墜入情網的速度連自己都無法控制。他對我說過，我和別的女人不同，我就是他這一輩子一直期盼能遇見的那種女孩。

我相信他說的，一直都相信。因爲，我們在心靈上是如此地契合；他喜歡的就是我喜歡的，我不需要強迫自己去接受他喜歡的生活事物，只要順著原本的自己生活即可，因爲他想要的就是我想做的。我想我們的相遇是老天早就安排好的，因爲當我一見到他時，我就覺得我曾經見過他，甚至可能和他相識了幾輩子之久。在我們相知相遇的日子裡，只有快樂伴隨著我們。

認識他以前，我談過好幾次戀愛，卻從沒像這次這樣義無反顧，全心全意地奉獻。我會如此瘋狂地愛上他，原因只有一個，那就是他也很愛我，而且疼惜關於我的一切。

我們的歡樂一直持續著，我知道這一切是不會有盡頭的。他不可能會有離開我的一天，因爲我們是如此深愛著彼此。

分手的字眼和結局是註定不會出現在我的感情生活裡的。

但是，我的痛苦卻開始出現了。

「我可能要結婚了。」

俊達悠悠地說著。從他的眼神我看得出來他很悲傷。不用說也知道，這並不是他想要的結局，情勢似乎完全不在我們的掌控之中。怎麼會變成這樣呢？我根本無法接受這個事實。

我的世界只有他，我只知道愛他，也只需要知道他愛我，這樣就足夠了。以前在古時代，人家說丈夫是妻子頭頂上的一片天，我現在終於瞭解，我的天就是他。

他突然說要結婚了，我卻一點心理準備也沒有。

「你要結婚了？你要和誰結婚？」

結婚總該有個對象吧？就算是俊達的意思，也該給我一個答案啊！

「我爸媽要我娶一個有錢人家的女兒……」

我很懷疑，現在是什麼時代了？婚事還要父母親替你做決定？為什麼你不反抗？為什麼你要這麼聽話？許多疑問出現我的腦海，但我一句話也不敢問。因為我相信他，我相信他會給我一個交代。

「那妳要怎麼辦？」

他緊緊抱著我，其實這句話應該是我要問的才對。我該怎麼辦呢？

眞的很可笑，他要結婚了，新娘卻不是我⋯⋯。

「妳放心，就算我結了婚，我也不會跟妳斷了聯絡。我們還是會在一起，不會分手，因爲我們是要在一起一輩子的。」俊達流著淚痛苦地說著。

他的哀痛我也感受到了，這一刻，我才知道他比我想像中的還要愛我。

於是我告訴自己不可以讓他擔心，我必須要更堅強才行。

「我知道你是愛我的，這樣就足夠了。」

「就算我不能隨時在妳身邊，但只要一有時間，我就會立刻飛到妳身邊陪伴妳。雖然我結了婚可能會有些不自由，但是請相信我，我會盡一切努力跟妳在一起的。」

聽見他這樣的承諾，我還有什麼好懷疑的呢？

但是，我的痛苦一天比一天多，一天比一天深。

台北是個不算小的地方，要巧遇朋友可能相當困難，但是老天就喜歡和我開玩笑，而且開了一個我承受不住的玩笑。

那一天，我和朋友去一個知名飯店喝下午茶，卻在這時讓我看見一個熟悉的身影。

「那不是俊達嗎？」

身邊的朋友也看見了，還特地提醒了我一下。我恨不得自己沒有看見那一幕。

「他就這樣結婚了啊！我覺得這太扯了！」

朋友也知道俊達結了婚，她們當然無法接受這麼突然的消息，紛紛替我這個朋友感到不值，甚至開始懷疑起俊達的用心。但是對於這一點，我始終沒有懷疑過他。

爲了保護俊達的名聲，我一律對外宣稱我們分手了，不讓外界對他有過多不公的評論。這一點我十分體恤俊達；知道他的身份爲難，很多事我們無法公開，我必須替他著想，因爲我還想要這段感情。

我和他見面的日子雖然比以前少，但是他的關愛卻沒有間斷過。只是以前我們可以在陽光照耀的星期天到公園散步，現在卻只能在我的房間看租來的DVD，或者來一場瘋狂的做愛。

「他身邊那個女的應該就是他老婆……」

朋友和我從遠處打量著他們。其實他才從我身邊離開，只是我不知道他也會出現在這裡。他並沒有告訴我。

俊達結婚之後，我最常聽俊達談論的就是無法和他妻子生活的一些雜事，他說他並不愛她。可是今天在飯店看到他們相處的情形，並不像他口中說的那麼不堪。

「我們走吧！」

我不想待在這裡看見他們恩愛的畫面，這樣會讓我痛苦，我不想要這樣的生活。

「這樣一走不就太便宜他了？應該要上前去介紹一下這位無緣無故被拋棄的前女友吧！」朋友氣憤不平地說著。

我當然知道他們是好意，但實情並不是那樣的。

「算了！走吧！」

當我正想要離開時，我看見俊達的眼光飄向我這邊。我和他四目相接，他的表情有說不出的尷尬。我不想讓他爲難，難道要他現在走過來安慰我嗎？是的，我其實很想要他過來抱一下我，只要一下都好，但是我知道這是不可能的事，我再也無法和他一起公開的手牽手走在陽光下了。

我愛得好辛苦，雖然有他的愛可以安慰我，但是我眞的好痛苦。不過因爲還想要擁有他，所以這樣的苦我必須忍受。

他說過，等時機成熟了，他會不顧一切地飛向我身邊，現在他父母的年事已高，所以無法做出大逆不道的事；他唯一可以給我的承諾就是他不會和那個女的有小孩。他知道我很喜歡小孩，而我也想過要爲他生個白白淨淨的孩子，只是這個夢想還在等待。

那天回到家之後，我馬上接到了俊達的電話。他十分擔心我的狀況，害怕我因爲看見他跟老婆外出用餐而胡思亂想。

我怎麼會呢？我一直告訴自己，一個女人要寬容才能留住男人的溫柔，所以我告訴他我不會生氣，我知道有些事是他必須要去做的。我當然能夠諒解，因爲我就像是俊達口中宣稱的好老婆。

我不是情婦，俊達肯定的告訴我，我並不是他的情婦，因爲大家都知道情婦要的是什麼；或許那樣的關係是沒有愛情的，但是我和俊達之間是完整的愛，只差他沒有給我一個名份而已。況且，有沒有名份我並不在乎，我只在乎俊達愛不愛我。

現在的我比以前更會胡思亂想，尤其是他不在我身邊的時候。我好想他，每分每秒都瘋狂地想著他。

俊達一有空就會來陪我，我不過問他那邊的生活，我只要我們兩個過得自在就好了。說自在或許是安慰我自己，但是我知道自己勢必要有所犧牲。

「相信我，我答應妳的事我會做到，只是可能不是現在，但妳要相信我⋯。我是不可能跟那個女人生活一輩子的。」俊達神情黯淡地說。

我沒有告訴他，今天小金打電話告訴我說：「俊達的老婆原來和他是大學時代的女朋友，他們相戀很多年，現在終於結婚了，妳醒醒吧！」

老實說，當我聽到這樣的消息時，我直覺自己被欺騙了。但是沒過一會兒，我又理智地想過一遍，俊達爲什麼要騙我呢？他沒有必要騙我？而且我在和他交往的同時，他有女朋友我怎麼可能會不知道？他大多時間都陪在我身邊，所以這樣的消息我選擇了不去相信。

我怎麼能連自己最愛的人說的話都不相信呢？

而且俊達眞的爲我做了很多，我想這是很多男人都做不到的。

當然，我知道一個男人要偷情絕對找得出時間，也絕對會說謊言；或許俊達眞如小金說的，有些事他善意地隱瞞我，但我還是願意相信，就算他騙我，我也相信他是有苦衷的。因爲我這麼愛他，他不會辜負我的。

我會繼續等待，雖然我不知道哪一天我的等待才會停止，但是在停止日前，我會繼

續地等…。我相信我的等待有一天會深深感動他

癡情是一股傻勁，有時連對錯都無法分辨。

愛情停看聽

這則是發生在我身邊朋友的故事。這名女子癡傻地等著這名男子，供給他一切所需包含金錢，而這件事情後來東窗事發，這名男子爲了保住自己的婚姻，不顧一切地告訴妻子說是這名女子纏著他的。朋友聽來都覺得好笑，這個男子平時沒有工作，都待在女友家，然後女友出去上班賺錢再給他拿回家，說是他自己上班的所得。他的妻子相信自己的先生，所以認爲是這個女子單方面愛戀他的丈夫，最後這名女子找了他的妻子說明一切，妻子還是只願意相信丈夫，後來這名情婦終於清醒了，就像本書另一則『黎明不要來』。她的愛情終於崩盤了，全然的，讓她了解人性的可怕。

當一個人有心要欺騙你時，你如果願意沉醉，也只有到清醒時才會發覺眞相，否則這樣的沉迷似乎沒有覺醒的一天。有一天，他的妻子也將會知道他的丈夫究竟是怎樣的一個人？偷情慣犯是累犯，要他只愛一個人似乎有些困難，要當別人眼中偉大的情婦或情夫前，先想想這個人，你眞的看清楚了嗎？

你不夠愛我

我常在想，男人爲什麼犯了錯、說了謊還可以這麼自然，就算是謊言被揭穿了，還是有一堆女人排隊等著替他圓謊。

男人會劈腿，女人是幫兇嗎？

男女關係是不是已經走到了變調的地步？難道愛一個人眞的會失去理智嗎？我想要理智地去談場戀愛，但我想那是不可能的任務。唯一可能的就是，那個戀愛中根本沒有愛情的成份，或者是愛的成份太少，少到可以用理智塡滿。我想，談一場理智的戀愛，那就不叫戀愛，叫作男女關係間的談判。

「所有我交往過的女朋友裡，妳最懂得我的心，最能體諒我。每次我不小心犯錯，妳都會耐心地等我回頭，我知道自己這輩子不可能有失去妳的一天。」

是的！我就是這樣的女孩，傻傻地守在男友身邊。他要去玩，我會睜一隻眼閉一隻眼，他要跟別人發生關係我也不會阻攔，我唯一會介意的是，他有沒有戴保險套。

「昨天那個女孩根本沒有妳棒！」

我承認，因為她不會像我傻傻地在這裡等你回頭。

老實說，我最喜歡聽到人家稱讚我，說我很專情、說我給男友很大的空間、說我是一個很寬容的女朋友。

女人是很小心眼的，但我卻不是。雖然我骨子裡是，但至少表面上我永遠不會表現出來。男人花心天經地義，要控制一個男人的行動是不可能的，只要他還記得回家的路就已經可以偷笑好久了。天長地久是老人家的名言，曾經擁有也沒有什麼好誇耀的，現在的速食愛情，性愛是可以分離的。

「改天我們找一對情侶來玩4P。」

「好呀！看看人家有什麼新花樣！」

相互觀摩見習成了常態，沒有交換心得，哪來創新的性生活？

一直以來，我都扮演著聽話的乖乖牌女友，因為我知道他在外面玩累了，還是會回到我身邊，只要最後一個女友是我，其他的我都不在乎。

我知道全世界只有我這樣寬容地接受他，而他也只喜歡我這樣對他。

「妳都不管我？」有一天，他突然這麼對我說。

我差點笑掉大牙。我不管他？我才不想管他，管他就等於失去他，不給男人空間不是間接要他去自殺嗎？他怎麼會問我這種問題？他不是一向強調要個人空間的嗎？

「我昨天認識一個女孩，她很愛管我耶！我才和她上過一次床，她就要我天天打電話給她，還要交代我的行蹤。」我看見男友嘴角微微上揚。

我知道那是新鮮感，因為我從來沒管過他，他只是覺得好玩。

「不是砲友嗎？幹嘛要給交代？」

「那女生說在乎我，才會想知道我在哪裡，所以她說那不叫管，那叫在乎。如果她說的是真的，那就是妳不夠愛我囉？」

「胡說八道。」

我一聽就知道那女孩子根本就不是出來玩的。出來玩的女生是不會這樣纏著人家的，我開始意識到不對勁。

「妳會想管我嗎？」

男人真是夠賤，管太多嫌煩，管太少又懷疑我不夠在乎，簡直比女人的問題還多，而且很難伺候。

「你要我管你嗎？這樣不會太不自由了嗎？」我反問他，難道這是他要的方式嗎？

「我只是覺得有人管好像也不錯。」

接下來的日子，我恢復女人該有的樣子，開始管他，但是他卻十分不習慣。我知道他還是有和那個女生通電話，但我都裝作不在乎，因爲我知道那只是玩玩的而已。

他也是這樣告訴我的，所以我相信。

有一天他突然問我：「我快三十歲了，好像不能一直這樣玩下去，忽然有想定下來的念頭。」

我聽到這句話頓時驚訝得說不出話來，原來情場浪子也會有回頭的一天。我心裡當然非常高興，因爲我寬容等待的就是這一天。我知道他最終還是我的。

「有想定下來的念頭？那很好呀！」

我鼓勵他，事實上，我很慶幸自己終於守得雲開見月明了。

「玩了這麼多年，心也累了，年輕時玩玩還沒關係，仔細想想，轉眼間我也老了，玩過頭了也會有想回歸平淡的時候。」

他平靜地說著。我想他是改變了，而且這個改變竟然這麼突然。

「嗯！」我沒有說什麼話，耐心等待他的決定。

「我想我會結婚！」

終於！我終於等到這一天了！我沒有回答，嬌羞應該已經代替了我的答案。

「妳覺得呢？」他問我。

「一切由你決定就好。」我還是老樣子，他說什麼我其實不會有太多的意見。

「我知道了！一直以來我都知道我在妳心中的地位。」

男友拿了外套走出家門，我起身趕快打電話回家，告訴父母我要結婚的好消息。

雖然沒有浪漫的求婚招數，但是這對我來說已經足夠了。守在他身邊這麼久，等的不就是這一刻嗎？有沒有浪漫的求婚已經不重要了。

打完電話後，我還沉溺在剛才的情境當中。這時才想起，男友出門時忘了把鑰匙帶出門，追出門時發現他人早已走遠了。

我沒離開，因爲害怕他沒有鑰匙而無法回家。

「我的寬容終於有了結果。」我爲自己的努力感到自豪。

後來的那幾天，男友都沒有再出現。我打電話給他，手機也沒人接，於是我自作主張到他公司等他。

「你怎麼都不回電話？也不去我那裡？你的鑰匙忘了帶。」碰到他時，我牽著他的大手，沉醉在他求婚的愛意中。

「妳不是都不管我的嗎？」男友反問我。

「你不是不喜歡人家管嗎？」我也反問著他。

「妳一定是不夠愛我，所以才都不管我；妳不夠愛我，所以才會讓我到外面花；妳不夠愛我，所以就算我用下半身跟別人結合，妳也不會覺得生氣⋯⋯。」

男友的反應很奇怪，我想這可能是他之前認識的那個砲友影響的吧！

「我就是愛你，才會給你這麼大的空間啊！」

「錯了！妳就是不夠愛我，才會縱容我。」他的眼神充滿無奈與懷疑。

頓時，我明白了一切！

他以為我不夠愛他。

「你知道嗎？因為我太愛你，所以我不希望你不高興；因為我太愛你，所以不敢給你壓力；因為我太愛你，所以只要你想要的，我都不會去阻止你！」

我將自己的心情完整地告訴他，希望他能知道我的用心。我對他用情至深，深到別的女人介入我都可以接受。

「妳眞的愛我？」

「我當然愛，這是毫無疑問的答案。」

「只要是我想要的，妳都不會阻止我？」

「是的。」一直以來都是這樣的。

「好！那我告訴妳，我要結婚了，這個決定也是妳同意的；那天我告訴妳，就是想知道妳是不是在乎我，沒想到妳說一切由我決定就可以，連我要結婚了妳還是這樣。」

原來那天他說他想結婚的對象並不是我，而我的回答竟讓他誤以爲我不在乎？

「如果妳眞的在乎我，會讓我和別的女人結婚嗎？妳就是不夠愛我，所以就算我要去和別的女人結婚了，妳也不在乎。」

我錯了！縱容男人的結果就是讓自己失去這個男人。

「我愛上了那個女孩，那個在乎我的女孩。她會管我，因爲她在乎我。我要和她結婚，如果妳眞的愛我，請不要阻止我。」

我跌坐在地上，眼淚不聽使喚地流下。

原來我是他生命中的第三者，一直都是第三者的角色，主角不會是我。

原來愛情的方法錯誤，就算眞的愛一個人，也會失去他，照著你的腳本失去他。

愛情停看聽

自以爲是的愛情對待方式，很容易讓你失去所愛的人，因爲不曾了解對方需要的愛情及渴望，總以爲自己給的對待已經完美了。我對他很好，但卻忽略了這是他想要的對待方式嗎？爲什麼情人老是覺得你不夠愛我？

此時不是你給的愛不夠多，而是你給的愛不是他所想要的，所以方法不對，就算你給的再多他都不會覺得滿足。你應該要先了解對方想要被對待的方式，如此一來兩個人才會快樂。如果一個人一直抱怨得到的愛不夠多，另一個人一直抱怨總是在猜測對方的心理，兩個怨偶在一起哪能長久！愛要愛對方式，不要自以爲是！

黎明不要來

黑夜的寧靜應該是美麗的，而我的貪戀卻讓黑夜成了最甜美的包袱。我想，愛一個人不就是希望兩人能夠相依偎，永遠不要分離嗎？

他常說我快變成無尾熊，經常黏在他身邊，片刻都不肯離開。

雖然他陪我的時間一直都是很多的，但是貪心的我卻永遠覺得不夠，如果可以，我希望我和他成爲連體嬰，無時無刻都在一起。

「你覺得你老婆和我最大的不同在哪裡？」這不是我第一次問這個問題，但是我就是喜歡問，喜歡聽他的回答。

「妳就是很好，好得沒話說，否則我也不會天天都往妳這裡跑，連前途都不顧了。所以，我是只愛美人不愛江山。」

他總是知道怎麼逗我開心。我一直認爲我們上輩子一定是雙胞胎，因爲我們是那樣地相像。

只不過，命運總愛捉弄人，我和他沒有成爲夫妻的緣份。老天一定是嫉妒我們如此相愛，所以一定要阻隔我們兩人在一起。

既然是天生一對，當然不能分開。

「還好我不是人家的老婆，不然這樣被嫌一定會痛苦得想自殺。」我嘟囔著說。

如果被正牌老婆聽到，我想他的日子可就不好過了。

我覺得他眞是好命，不用工作就可以生活，還可以同時享受齊人之福，不知羨煞了多少同年紀的男人。

「我可以問你一個問題嗎？」這個疑問已經存在我心裡很久；可能是好奇心重吧，也可以說我是個愛比較的人。

「問啊！我們還有什麼不能問的？」兩人相處久了；感覺就像親人，無話不說，無話不談，更沒有話題的侷限。

「我想知道你和她的性生活美不美滿？你滿意嗎？」

我想男人聽到女人這麼一問，尤其是情婦，多少都會有所防備吧！

「還好！」

這不是我要的答案。我當然知道就算他再怎麼不愛自己的妻子，也絕不可能完全不做那檔子事的，這一點我完全了解。

「告訴我嘛！我想知道。」

「可是說了妳可不能生氣喔！」他有所顧慮地回答我。

我沒有把握聽了不會生氣，但我一定會吃醋。

心底有了想和另一個女人一較高下的情緒；女人和男人一樣，床上功夫輸了就等於輸了一切，輸了自己的尊嚴。

「好！我絕對不會生氣。」

話是這樣說，但是心裡絕不是這樣想。

「我和她就是用一般姿勢比較多，也就是正常體位，沒有什麼變化，偶爾換個地方做。」

他還沒說完我就立刻接話：「啊！一直都是正常體位呀！那多沒趣！」

我當然是故意加油添醋這麼說，好讓男人覺得自己的性生活眞的很乏味。

「換地方？換什麼地方？」這一點我可好奇了。

「就換做愛的地方呀！有時在廚房，有時在陽台，反正換換地方，不要一直在同一

個地方做　會厭煩。」

男人說出了自己的興趣。

我當然知道女人和男人一樣，都需要不斷地刺激。

新鮮感和沒有壓力是男人喜歡妳的原因。若是不斷地有刺激當然是更好的。

「我和她誰比較好？」

我承認這是個尖銳的話題。

「當然是妳好啦！妳又年輕，保養得又好，我老婆生過小孩了，論彈性及新鮮感當然都沒有妳好囉。好了，不要再問這種話題了。」男人似乎在閃躲著。

他在我這裡也待了一段時間，每天時間一到，他便要回家報到。我和他別的情婦不同；人家是晚上才能見面，我們是白天見面，晚上他要回那個女人的身邊。

每次他要離開的時候，就是我最痛苦的時候。就像連體嬰要被切割了，這樣的感覺就像身體被活生生切開一樣。當然，我不知道他是否和我有著相同的感受。

但我知道他在我這裡是最自在的，因爲，我不會逼他一直去找工作。

「你不想找工作嗎？」

一般來說，男人的事業心都相當重，難道他不會想有一番偉大的事業嗎？女人也在乎男人的事業吧！因爲那代表另外一種能力的展現。

「我可以找呀！也找得到！可是我一想到萬一有了工作，可能就沒辦法像現在這樣陪妳了，妳願意嗎？如果妳願意，我明天就去找⋯⋯。」

他眞厲害，一劍命中我的死穴。明知道我不願意失去和他相處的時間，所以我根本不會答應。

如果我可以成爲他的太太，那我每天就不必擔心黎明的來臨，不會與他分開了。他也可以去找工作做，我會在家裡洗手做羹湯等他回家吃飯。不必這樣天天過著提心吊膽的日子，擔心他今天會不會來看我。如果我是他的妻子，讓他天天都嘗試不同的性情趣，這樣不是很好嗎？

他的太太眞奇怪，完全不會懷疑他先生是否有外遇嗎？

我常問他：「你來我這裡，難道都不會被老婆發現？」

他說：「不會啦！因爲她很傳統，而且很相信我說的話。我每個月都有拿錢回家，她不會懷疑的。」

對呀！我辛苦賺的錢都讓他拿回家了，假裝他真的有在上班，他老婆當然不會懷疑囉！只不過，那經濟重擔全壓在我身上。

每天等他離開時，就是我要上班的時間。雖然一下班就可以看見他，但是卻永遠沒有休息的時候。

突然覺得自己像個男人一樣，不僅要養活自己，還要養他那一家子。如果我是他老婆，或許就不用那麼辛苦了。

「我知道妳很辛苦，可是這是不讓我老婆發現的方法啊！我要陪妳，所以沒辦法去工作呀！」他的理由很正當，而且是我替他找的藉口。

「如果你離婚呢？」

等候許久的女人，終究會問出這樣的問題。

「我不可能離婚的，用什麼理由呢？她不會跟我離的。」

「你怎麼知道她不會跟你離婚？」

他似乎也掌握得住妻子的心情。難道她就這樣無法和他分開？

「因爲你愛她，對嗎？」

我忽然這麼一說，他趕緊否認，深怕我會生氣。但是我不喜歡他當時的神情，他遲疑的態度讓我的心感到不安定。

我真的抓住這個男人的心了嗎？我不禁懷疑起自己。

「不是！不然我就不會每天都來找妳了，別再問我和我老婆的事了。」

我開始思考著，他會來我這裡，是因爲他和我一樣，深愛彼此並且捨不得分開？還是因爲來這裡我會幫他分擔家計，給他錢，好讓他回去有所交代。

他有了我給他的錢就不用去工作了，每天只要來陪我就行，這樣，我到底算什麼？

我開始懷疑起自己的角色。我不是情婦嗎？爲什麼是我賺錢養男人啊？

我的想法有了轉變，所以從那一天起，我開始計畫著一件事，我要大大方方走進他的生活，因爲我不想再擔心夜晚的來臨，也不想再擔心是否會失去他，更不用在他每天離開我的時候掉眼淚。

既然他愛我，我們就應該有情人終成眷屬。

他不爭取，那麼我來，我不是一個等愛的女人，我願意爭取屬於我的幸福。

我開始錄音，將我每天的談話與做愛時的嚶嚀燕語錄下，甚至在狂歡做愛的同時自拍，因爲我知道這是我唯一可以做的。

我是如此深愛著他，無法和他分開了。

我收集了很多東西，有一天，這些都會派上用場。

「給妳聽個聲音。」

我約他老婆見面，這並不是一件難事。

「妳到底要做什麼？」

他老婆一看就知道是個非常傳統的女人，有著保守的穿著，樸素的臉龐。老實說，她看上去就是個無趣的女人。眞不明白我的男人爲什麼要和這樣的女人生活在同一個屋簷下？

「妳先聽聽看……。」

我看著她臉上表情的轉變，對她來說，我的確很殘忍。但是我要我的男人，我顧不了這麼多，而且我不想再過那樣的生活，所以我要反撲。

如果她可以和我的男人離婚，那我就可以過新的生活，眼前這個女人也不需要和一個終日欺騙她的男人一起生活。

「為什麼要這樣做？為什麼要給我聽這些東西？」那女人哭喪著臉說。她一點心理準備都沒有，而她心中相信的男人，終究背叛了她。

「我只是讓妳看清楚他的樣子。」

「妳到底要做什麼？」她慌張地說，我知道她接下來不知道該怎麼辦。

「這樣的男人妳還要嗎？」我希望她可以放棄，好讓我順理成章地進入他的生活。

「小姐，我不知道妳拿這些東西給我聽究竟有什麼用意，他傷不了我的……受傷的會是妳……」

「我不會！」我堅決地說，我不會讓任何人傷了我。

「會！因為我可以告你們通姦！放手吧！小姐，這不是妳玩得起的遊戲……。」

我沒想到她會這樣說，我甚至沒有想到她會知道什麼叫通姦罪。

「這樣的男人妳還要他嗎？」我再問一次。只要她願意放手，這個男人就是我的。

「妳應該問妳自己，這樣的男人妳還要他嗎？一個會欺騙老婆的男人，將來妳成為他的老婆，妳不會擔心有另一個女人來找妳嗎？用一樣的方式逼妳離婚？」我傻傻地呆坐在原地。

「我是他的老婆，他每天在做什麼我都知道，他拿回來的錢，我也都知道是怎麼來的。我不搓破他的謊……但是妳可以嗎？當他的老婆必須忍受這些，妳有辦法做到嗎？」他老婆說完，轉身就走。

愛情停看聽

「妳應該問妳自己，這樣的男人妳還要他嗎？一個會欺騙自己老婆的男人，將來妳成爲他的老婆，妳不會擔心有另一個女人來找妳嗎？用一樣的方式逼妳離婚？」很多人在搶別人老公時，都沒有問自己這一句話，因爲她們認爲搶不搶贏很重要，愛不愛這個人倒成了其次，其實不想輸的是尊嚴是容貌。

這樣一個遊手好閒的男人，應該是很多女人所唾棄的，可是卻有很多女人相爭，爲什麼？原因只有一個，爭輸贏！贏的人彷彿代表魅力。可是失去了愛的本質，這樣的輸贏也沒有意義。

更好玩的是，有的女人認爲，反正能嫁給這個男的，除掉其他競爭者，這樣自己就是贏了！但是這樣贏得開心嗎？有很多妻子其實很清楚自己的先生在外面搞什麼，只是不想點破，但並不代表她不知道，很多時候的忍氣吞聲，不是爲了現在。所以要搶人家老公前，先想想搶贏了，妳要做什麼？

貪戀你的圖謀不軌

她是一個很特別的女孩。剛進公司時，同事們都要我小心，因爲她喜歡找不同的男人試試他們的興趣是否相合，應該說，她喜歡成爲人家的第三者。

我一直不相信他們說的是眞的，直到那天我在茶水間碰到了她，我才知道她眞的是令人無法抗拒。

我有一個要好的女朋友，她是知名的模特兒，身材臉蛋無可挑剔，所以我並不擔心我會因此而動搖。

當然，對這樣一位傳說中的人物難免還是會有遐想，但是，我不要有第三者闖進我的感情生活中。

「我告訴你，她眞的很棒！如果你有機會試一下的話會爽死！沒有一個男人被她甩了之後會恨她的，因爲眞的太棒了嘛！」

聽男同事們這樣述說著，讓我更加覺得好奇了。

那天茶水間裡只有我們兩個人。我們沒有交談，她親切地幫我倒咖啡，接著幫我拿了紙巾。我的眼睛目不轉睛地盯著她看；她的確是一個很漂亮的女孩子，而且有著十分迷人的笑容。

「我是新進來的同事。」因爲氣氛有些尷尬，所以我先自我介紹了一番。

「我知道，我注意你好久了。」

我以爲我們只是短暫地交談，沒想到她主動上前將雙峰靠向我的手臂。那柔軟的雙峰我當然感受得到，但我不敢有反應，因爲這樣的震撼是我沒有料想到的。

於是我迅速跳開，連忙說著對不起。爲了避免尷尬，我趕緊走出茶水間。

同事看我慌慌張張走出來，大家早就猜想到發生了什麼事，只是沒想到在我進公司的第二天，她就對我下這樣的毒手。大夥還開玩笑說我的死期不遠了。

「難道辦公室的男同事沒有人逃得過嗎？」我很懷疑。

其實我並不相信她是一個性致勃勃的女人。她的長相清秀，一點都不像是會隨便和別人上床的女人。

「有呀！有一個人逃過了，就是來打掃的林伯。」

「說眞的，她在床上狂野的程度令人噴飯，能娶到她當老婆眞的是太幸福了，可惜她的心定不下來，否則很多人都願意和她結婚，但她就是不曾動心。」

大夥討論著她，只能說她算是辦公室的『另類福利』吧！不僅眼睛常常可以吃冰淇淋，偶爾還會有實質的收穫。

和她僅有過一次的交手，我還未能有深刻的體驗，但是我希望自己可以成爲辦公室唯一倖免於難的小兔子。

那天之後，我們偶爾會在茶水間遇到。知道她有那樣的怪癖，所以我盡量避免和她有過長時間的接觸機會。我可沒忘記自己是一個有女朋友的人，而且我女朋友是個名人，我可不希望先發現我偷腥的是八卦雜誌。千萬不要爲了一時的歡愉而斷送了自己的幸福。

在一次同事結婚的婚宴典禮上，我擔任伴郎，很巧地，她擔任了伴娘。

那天所有進行的活動，我都小心翼翼地，擔心和她有過多的接觸。

我開始不確定自己是否優於別的男人，因爲男人的行動思考有時受限於下半身。

新郎新娘進場之後，我和伴娘回休息室拿東西，就在這時候，不妙的事情發生了。

一進休息室，她就將我推倒在地上，整個人跨坐在我身上。

她真的很大膽，接著，她主動脫去禮服，全身赤裸地站在我面前。說真的，說現在不衝動那是騙人的。

她主動靠近我，然後親吻我，解開我的衣服，讓我和她一樣赤裸著。我沒有反抗，因爲我知道我反抗不了，這樣的畫面我控制不了自己。

「我喜歡你這樣的男人。」

說完，她立刻主動出擊，低下身來跪在地上，臉靠近了我的下半身。我還來不及反應，整個人就快要塌陷了。她瘋狂的吸允著，我想，只要是男人都無法抗拒吧。

我心裡覺得對不起我的女朋友，可是我還是貪戀這樣的動作。她的瘋狂和律動吸引著我，我也全心應和著。此時，房外有人敲門，我嚇了一跳，但她抓住我不放，繼續嚶嚀地叫著。她在我耳邊輕輕吹氣，試著引領我不要分心。

「管他的。」

就好好享受這片刻吧！反正都做了；原來我和所有男人都一樣，至少和辦公室裡的男人都一樣，也是經不起誘惑的。

那一次婚禮上的消失，辦公室的人都知道我的下場是如何。他們說我被強暴了，但是我倒覺得被這樣身材姣好的女子強暴也算是一種不錯的享受。只是我的心裡始終覺得對不起我的女朋友。

千萬不能讓她知道，萬一被知道了，我就只有等著被分手的命運。所以我告訴自己，玩這一次就夠了，萬萬不能再有第二次。

跟她我開始保持距離，但她似乎因爲這樣而更加猖狂地想找機會與我做愛。有時是肢體上的故意觸碰，有時會在我的視線範圍內將她的私處讓我一覽無遺。

我開始擔心，這樣的誘惑要多久才會結束，我像是在通過清高的修行考試，不能動心動性。

回到家，我會將今天所看見的畫面發洩在女朋友身上。她覺得我最近特別起勁，殊不知我是受了多大的刺激，壓抑了多少次的衝動。

「你最近特別賣力喔！」

「因爲我愛妳呀！」我只能這樣回答。

後來那幾天，辦公室裡的她不再極盡能事地對我挑逗，大概是覺得我不會再受到她的誘惑了吧，所以決定放棄，尋找下一個獵物。

有一次她和另一個新進人員在茶水間瘋狂做愛的同時，我不小心看見了。我還看見她的眼神也在看著我，我忽然察覺到一件事，那就是她想要表演給我看，我開始對她感到害怕。

下午我去上廁所時，她居然大膽地衝進男廁，將門反鎖，然後質問我：「爲什麼躲我？」

「對不起，我沒有…。」我試著和她保持距離，但她卻一步一步靠近。

「你明明就在躲我。」

她的眼神充滿了憤怒，我不知道她爲什麼要生氣？難道和她發生過一次關係就得負責任嗎？那一次可是她主動的耶…。

「你知不知道我已經愛上你了？我要和你在一起。」

她如此霸權，我是第一次感受到。但是我不知道該怎麼應付。

「對不起，我有女朋友了。」

我知道自己有女朋友是不應該佔她便宜，但當時眞的是忍不住。

「那你跟她分手！」她任性地說著。

「不可能的，我很珍惜和她在一起的時光。」

「那我呢？我怎麼辦？」我當時眞的嚇傻了，我害怕她誤會了。

「對不起，那天只是一時的衝動。」我承認當時我不夠理性是我的錯。

「你知道嗎？那是要付出代價的，你不和她分手，可以，但是我有條件！」

「什麼條件？」

「和我做愛。」她話還沒說完，就立刻撲上我的身，又是一陣翻雲覆雨。她總是給人很多驚嚇和驚喜。

「放心！我是個專業的第三者。」

原來剛才她是嚇唬我的。老實說，私底下的她眞的很吸引人，而她那姣好的身材更令人流連忘返，捨不得離開。

漸漸地，我們很有默契地會在中午休息時間到辦公室附近的小旅館共渡片刻時光。同事們也都知道這件事，只是沒想到她會從喜歡到處採蜜的蝴蝶，變成了固定只和我發生關係。

「你眞有一套！」在男人之間，一個女人願意貪戀你的身體，表示你的性能力越高，大家讚嘆的眼神沒有停過，我也感覺越來越驕傲，甚至開始喜歡游走在兩個女人之間的快感。

有兩個不同的女人伺候眞的很棒！和同一個女人做愛容易倦怠，我很慶幸自己沒有遇到這樣的問題。

不管她到底有何企圖，我就是貪戀這樣的她。貪戀她不按牌理出牌的感覺。

「今天中午我們來玩個小遊戲好不好？換換口味。」她像是要給我一個驚喜，所以並沒有透露太多的訊息。

「什麼小遊戲？」

「讓你試點新鮮的，我找了我的朋友一起來。」

「不好吧！」我不太有那個膽子。

「放心，我和她很熟，我們常玩！你一定會很高興的！」

這樣令人興奮的情緒不斷地襲擊我。

期待的中午休息片刻終於來了，我和她一同進了我們常去的小旅館。

一進房間，我看到了一個熟悉的身影。

「她是我的女朋友，進來吧！我們常一起玩的，別害羞。」

「她也是我的女朋友……」我看著女友，再也說不出話來…。

愛情停看聽

很多人都以爲偷腥不容易被發現，只要掩飾得好，時間抓得準確，應該都沒有太大的問題。問題是你的另一半也在偷腥，偷著偷著就偷到你這裡來了，兩人還會狹路相逢，這眞的是十分尷尬。

人是很容易受誘惑的，遇見帥一點的，美一點的，這樣的人一出現在我們面前，若是定力不夠，往往很難拒絕。總覺得會發生偷情的事也不是我們所能控制的。這樣的事或許無法控制，但我覺得還是可以控制一下你的下半身，有的人動不動就容易性衝動，都說是別人誘惑他，自己的控制力極低，爲什麼不怪自己怪別人？衝動每個人都會有，也都想被多一些的人愛慕，但是還是要顧及到發乎情，止乎禮，這樣才不會傷害到你的愛情。

廣告回信
臺灣北區郵政管理局登記證
北台字第8719號
免貼郵票

106-□□
台北市新生南路3段88號5樓之6

生智文化事業股份有限公司　　收

□□□-□□
地址：　　市縣　　鄉鎮市區　　路街　段　巷　弄　號　樓
姓名：

PUBLICATION
生智

書號 D7109　　書名 三個人的雙人床

生智文化事業有發公侗

讀·者·回·函

感謝您購買本公司出版的書籍。
爲了更接近讀者的想法，出版您想閱讀的書籍，在此需要勞駕您詳細爲我們塡寫回函，您的一份心力，將使我們更加努力！！

1. 姓名：________________
2. E-mail：________________
3. 性別：□ 男 □ 女
4. 生日：西元______年______月______日
5. 教育程度：□ 高中及以下 □ 專科及大學 □ 研究所及以上
6. 職業別：□ 學生 □ 服務業 □ 軍警公教 □ 資訊及傳播業 □ 金融業 □ 製造業 □ 家庭主婦 □ 其他______
7. 購書方式：□ 書店 □ 量販店 □ 網路 □ 郵購 □書展 □ 其他______
8. 購買原因：□ 對書籍感興趣 □ 生活或工作需要 □ 其他______
9. 如何得知此出版訊息：□ 媒體______ □ 書訊 □ 逛書店 □ 其他______
10. 書籍編排：□ 專業水準 □ 賞心悅目 □ 設計普通 □ 有待加強
11. 書籍封面：□ 非常出色 □ 平凡普通 □ 毫不起眼
12. 您的意見：____

____

13. 您希望本公司出版何種書籍：______________________________

☆塡寫完畢後，可直接寄回（免貼郵票）。
我們將不定期寄發新書資訊，並優先通知您
其他優惠活動，再次感謝您！！